KB038441

이번 연애는 제발!

이번 연애는 제발!

이선주 · 서화교 · 김명선 · 김정미 지음

스푼북

차 례

벚꽃 환장

이선주

민석

　윤하야, 전화 받아 줘서 고마워. 아, 물론 네가 전화하라고 한 건 맞는데……. 애들이 장난 아니냐고, 네가 놀리는 거 아니냐고 그랬거든. 누구? 아, 우리 반 애들은 아니고 게임 친구들. 야, 아니야! 내가 그런 거 소문내고 다닐 애로 보이냐? 내가 찐따는 맞는데 입이 가벼운 편은 아니야.

　휴, 진짜 너한테 이런 말 하는 거 너무 쪽팔리다. 그렇다고 아무한테도 말하지 않고 있자니 답답해서 뒈질 것 같고. 아, 미안해. 너 이런 말 싫어하지? 나도 원래 이런 말 잘 안 쓰는데 이번엔 이해해 주라. 이해해 준다니 기분이 좋다가도 이해받을 수밖에 없는 상황이 서글프기도 하다.

　그래, 그래도 고마워. 너도 대충 어떤 상황인지는 알아도 정확히는 모르지? 시간 돼? 아, 된다고 했지. 미안 미안. 그럼 지금부터 말할게. 혹시 너무 길어지면 말해 줘. 참, 이거 비밀인 건 알지?

믿어. 믿으니까 전화했지. 혹시나 해서 덧붙여 봤어.

우선 내 로망에 대해 말해야 할 것 같아.

사람들마다 환상이 있잖아. 나는 벚꽃을 되게 좋아하거든. 아마 싫어하는 애들 거의 없겠지? 물론 애들한테 물어보면 "여자냐?" 하면서 비웃겠지만 나는 알아. 걔들도 실은 벚꽃을 좋아한다는 걸. 어떻게 아냐고? 그냥 같이 벚꽃 길을 걸어 보면 알 수 있어. 너도 알겠지만 우리 마을에는 꽤 유명한 벚꽃 길이 있잖아. 초등학교 때까진 마을 사람들 외에는 잘 몰랐던 것 같은데 〈여섯 시 내 고향〉인가, 어디에 한 번 나가고 나서 사람들이 몰려들더라고. 아, 방송 때문이 아니라 페북 때문이라고? 그랬구나. 그건 몰랐네.

어쨌든 봄이면 인근 시에서 사람들이 벚꽃 길 걸으려고 몰려들잖아. 덕분에 그 앞에서 물이랑 아이스크림, 커피 같은 거 팔던 사람들은 돈 좀 벌었다던데, 맞아? 나는 어렸을 때부터 공부보다는 누가 뭘 해서 얼마를 벌었는지, 그런 데 관심이 많았어. 아빠는 그런 쓸데없는 데 관심 갖지 말고 공부나 하라고 했는데, 엄마는 돈 버는 머리는 따로 있는 법이라고 나중에 잘될 거라고 응원해 줬어. 아니야, 그런 말 하지 마. 난 엄마 이야기하는 거 너무 좋아. 오히려 일부러 내 앞에서 엄마 얘기 쉬쉬하는 게 더 싫어. 아파서 돌아가신 게 잘못된 일은 아니잖아. 조금 슬픈 일이긴 하지만…….

제아하고는 초등학교 3학년부터 친구였어. 걔가 그때 전학을 왔거든. 처음에는 얼굴이 진짜 하얘서 신기했어. 그래서 서울 애들은 다 얼굴이 하얗구나 했는데 그게 아니라 서울에서 태어나건 군에서 태어나건 피부는 유전이더라고. 나는 햇볕을 덜 받아서 그런 줄 알았거든. 알아. 이런 게 다 편견이라는 걸. 나도 아는데, 알지만, ……그래 몰라. 인정. 암튼 나는 제아에게 어떤 환상 같은 게 있었어. 다른 애들은 콧물 질질 흘리고 다닐 때부터 알던 사이라면, 제아는 완벽한 타인이었거든. 제아가 하는 행동이나 말 같은 게 모두 신기해 보였어. 물론 이런 신기함 같은 건 시간이 지날수록 사라지더라.

제아랑 나는 영화랑 책을 좋아한다는 공통점이 있었어. 뭐 영화 좋아하는 애들이야 워낙 많다지만 책은 아니잖아. 그래서 서로 읽은 책 빌려주고 하면서 친하게 지냈지. 나중에는 책 살 때도 의견을 물어봤어. 내가 읽고 싶어도 제아가 별로라고 하면 돈이 아깝더라고. 이왕 돈 주고 사는 거 둘 다 재밌게 읽으면 좋잖아.

나는 그런 게…… 아, 내 입으로 말하긴 그렇지만. 아 뭐 어때, 이미 너도 알고 있는 건데. 그래, 나는 그게 사랑인 줄 알았어. 근데 그런 마음이 들면 들수록 정말 감추고 싶었어. 절대 들키고 싶지 않아서 일부러 제아 앞에서 다른 여자애들 얘기 많이 했는데…….

페북에서 "전국의 모쏠 여러분, 사랑은 암살이 아니에요, 들켜야 시작합니다."라는 글 읽고 엄청 웃었는데.

제아는 내가 딴 여자애들 얘기하거나 말거나 신경도 안 쓰더라고. 자꾸 이거 봤냐 저거 봤냐 그런 얘기만 하고. 거기다 대고 안 들키려고 나 혼자 난리 친 거지. 뭐? 반 애들 다 안다고? 너랑 제아만 아는 게 아니라? 그건 몰랐네. 눈치챈 애들도 있긴 하겠다고 생각은 했지만, 반 전체가 다, 모두 다 알 거라고는 정말 생각조차 못 했네. 잠깐만.

아니, 물 좀 마시고 왔어. 좀 충격이네. 배신감도 들고. 다들 왜 나한테 얘기 안 해 줬지? 그런가? 배려라고 생각하면 배려인데, 솔직히 나는 배신감이 더 드네. 나라면 말해 줬을 거야. "네가 제아 좋아하는 거 반 애들 다 알아." 누구 한 명이라도 이렇게 말해 줬으면 작전을 변경했을 텐데.

그래, 나를 싫어할 수도 있어. 사람 마음은 다 다르고, 누군가를 억지로 좋아하게 할 수도, 싫어하게 할 수도 없다는 것도. 나도 누가 나한테 칼 들이밀면서 제아를 좋아하라고 강요해서 내가 제아를 좋아한 건 아니잖아. 그냥 제아가 좋았을 뿐이지. 제아도 마찬가지겠지. 내가 싫은 걸 어쩌겠어. 마음 아프지만, 제아의 그 마음까지 부정할 생각은 없어. 그건 정말 너무 지질한

짓이니까.

그런데 있잖아. 고백받기 싫다고, 고백받는 것조차 싫다고 고백 때 주려고 준비한 편지와 선물을 몰래 훔쳐 가는 건, 그건 너무한 거 아니야? 이건 마음의 문제가 아니라 예의의 문제잖아.

아니야, 우는 거. 이런 걸로 안 울어. 갑자기 감정이 격해졌나봐. 나 커피 한 잔 타 올게. 아, 나는 원두 갈아서 핸드 드립으로 내려 먹어. 왜 캔 커피만 마시게 생겼는데 의외야? 농담, 농담. 요즘 내 마음이 이래. 갑자기 화가 났다가, 또 갑자기 자포자기 상태가 돼서 될 대로 돼라 싶다가, 또 갑자기 분노가 일어서 일상생활이 어려워.

커피 내려 왔어. 아빠가 며칠 전에 예가체프 원두가 자꾸 줄어든다고 정 커피 마시고 싶으면 콜롬비아 원두로 마시라고 했는데 걍 예가체프 원두로 내려 왔어. 이판사판이야. 집에서 쫓겨나면 쫓겨나는 거야. 너네 집 마당에서 재워 주면 안 되냐? 야, 농담이야, 농담. 나 그런 애 아니야. 뭐? 진짜? 그래? 진짜 그러면 재밌기는 하겠다.

너네 집 마당에도 벚꽃나무 있어? 운치 있겠다. 아니, 아니야. 벚꽃 생각만 해도 싫어. 이게 다 벚꽃 때문에 생긴 일이잖아.

내 인생의 버킷 리스트 중에 하나가 여자 친구랑 벚꽃 길 걷기거든. 내가 내년엔 도시에 있는 고등학교에 가잖아. 그러니 올봄밖에는 기회가 없어. 원래 작년에도, 재작년에도 고백하려고 했는데 혹시 거절당하면 친구 사이도 어색해질까 봐 미루고 미루다가 올해가 된 거야. 더 이상 미룰 수가 없어서 가까스로 용기를 냈어. 인터넷에 '고백 방법' 치니까 엄청 많이 나오더라고. 근데 나는 성격상 화려한 건 못 하겠고 그나마 내 마음을 가장 잘 보여 줄 수 있는 방법으로 선택했어.

그래, 편지랑 선물이야. 좀 올드하지?

선물 고르는 것도 많이 고심했어. 제아가 학용품 좋아한다니까 여자애들이 좋아할 만한 스티커랑 볼펜, 샤프, 메모지 같은 거 골라서 포장법 배워서 포장까지 하고. 편지는 썼다가 버린 것까지 다 하면 에이포 용지 100장은 쓴 것 같아. 아, 그래, 100장은 오버다. 한 50장?

그게 그렇게 힘들게 준비한 선물이야. 내 마음이라고. 근데 그걸…….

그날 나는 아침부터 정말 들떠 있었어. 왠지 잘될 것 같았거든. 전날까지만 해도 사실 걱정이 엄청 됐어. 이러다 1년 내내 어색하게 지내게 되는 건 아닐까 하고. 근데 그날 아침에 눈을 떴더니 뭔가 환상 속에 있는 기분이었어. 날씨도 너무 좋고, 학교 가는 길에 보이는 벚꽃도 너무 예쁘게 펴서, 하늘도 나를 돕는구나 했지.

제아한테는 점심시간에 잠깐 보자고 말해 뒀지. 편지랑 선물은 사물함에 넣어 놓고. 선물 앞에 교과서도 막 쌓아 놔서, 누가 혹시 사물함을 열어도 교과서밖에 안 보이게 했어.

게다가 코로나19 때문에 학교에 자주 안 가니까 무슨 일이 있어도 오늘 꼭 전해 줘야겠다고 다짐했지. 근데 체육 수업 끝나고 들어와서 옷 갈아입으려고 사물함을 열었는데 뭔가 이상한 거야. 내가 눈썰미가 좋잖아. 나는 분명히 맨 위에 국어를 놨는데 수학이 있는 거야.

아니, 이것도 나중에 생각하게 된 것일지도 몰라. 그래서 교과서 뒤쪽을 확인했는데 텅텅 비어 있었어. 누가 훔쳐 간 거지. 돈도 아니고 편지랑 학용품을 누가 훔쳐 갈 거라고는 상상도 못 했어. 그러니까 나는 혹시 편지를 들킬까 봐 걱정은 했지만, 도둑맞을 걱정은 하지 않았어. 근데 누군가 훔쳐 갔다?

내가 제아한테 고백할 거라는 걸 아는 사람 중에 범인이 있는 거겠지? 아내가 살해당하면 보통 남편이 1순위 용의자에 오른대. 남편이 살해당해도 마찬가지고. 가까이 있는 만큼 동기가 있을 확률이 높으니까. 보험금이라든가, 배신감이라든가.

근데 내 편지에, 내 고백에 그런 동기가 있을 리가 없잖아.

그래, 그래서 부끄럽게도 누군가 나를 좋아하는 게 아닐까 의심했어. 웃지 마. 아, 나도 웃겨. 근데 그때는 정말 심각했어. 누가 나를 몰래 짝사랑하고 있었는데, 내가 제아한테 고백한다니까 고백을 막기 위해 편지를 빼돌린 거야. 그래서 열심히 머리를 굴렸지. 나를 좋아할 만한 애가 누가 있을까?

그러다 재빨리 깨달았지. 이 가설은 틀렸다는 걸.

내가 망상에 자주 빠지는 편이긴 하지만 또 주제 파악을 잘하거든. 누가 나를 좋아하겠어? 생각하다 보니 터무니없는 생각이었다는 걸 알게 됐지. 그래서 다시 가설을 세웠어. 여러 가지 가설 중에 두 가지 유력한 가설을 설정했어.

아, 물론 고백 편지를 도둑맞은 후에 바로 한 생각들은 아니야. 그때는 정말 머릿속이 하얘서 아무 생각도 안 났어. 점심도 못 먹을 정도로 멍했거든. 제아도 아프냐고 묻더라고. 속이 좀 쓰리다고 하고 엎드려 있었지. 그러다 수업 끝나고 집으로 걸어가는데 갑자기 퍼뜩 여러 생각이 들더라고.

우선은 누군가 나를 놀리기 위해서야. 왜 우리 어릴 때 많이 놀렸잖아. 누가 누구를 좋아한대요, 좋아한대요. 이 노래 알지? 누군가를 좋아하는 게 나쁜 짓은 아니지만 괜히 놀리고 싶잖아. 그래서 '누군가 내 편지를 빼돌린 후에 애들 앞에서 낭독을 하지는 않을까?' 생각한 거야.

그렇다면 놀려야 하잖아? 근데 아무도 안 놀리네? 나중에 놀리기 위해서? 에이, 그건 말이 안 되지. 내가 만약 누굴 놀릴 계획으로 편지를 빼돌렸다면 바로 놀렸을 거야. 그 재밌는 걸 어떻게 참아?

그러니 이 가설은 실패야.

그러다 보니 딱 하나의 가설이 남았어. 그건 제아를 좋아하는 누군가가 내가 고백하는 게 싫어서 편지를 빼돌린 거야. 제아가 반에서 제일 인기 많은 건 아니지만 마니아층이 있거든. 마니아라니 웃기지만, 제아 같은 스타일을 좋아하는 남자애들이 있어. 그중에 한 명이 나고. 흐흐. 아, 근데 나 방금 변태같이 웃었지? 아니야. 내가 웃고도 진짜 싫었어. 너는 더 싫었겠다. 미안, 이해해 줘.

암튼 이 가설은 정말 그럴듯해서 그다음 날부터 제아 좋아하는 애들을 찾아다니기 시작했어. 형석이, 준희. 이렇게 두 명인데 얘네는 절대 아니야. 형석이는 그날 학교에 결석했고, 준희는 내가 고백한다는 사실을 알았다면 편지를 빼돌려서 놀릴 애지, 몰래 숨길 애는 아니거든. 준희는 속에 뭘 담아 두지 못하는 애야. 똥 싸고 싶은 마음조차 숨기지 못해서 맨날 "아, 똥 마려." 그러고 다니잖아.

제아가 김준희 진짜 싫어해. 걔 똥 싸는 걸 왜 반 애들이 알아야 하는데? 진짜 더럽다니까.

그러다 너의 도움을 받게 됐지.

내가 며칠 동안 우울한 채로 있으니까 네가 무슨 일 있냐고 물었잖아. 아니, 정확히 말하면 네가 나한테 빌려 간 책을 되돌려 주려다가 내가 시무룩해 있자 "괜찮아?" 하고 물은 거지.

근데 내가 왜 그랬지?

너랑 나랑 별로 친한 사이도 아니잖아. 물론 어릴 때부터 알고 지냈기 때문에 서로를 잘 알지만 친하다고 하기에는 좀 거리가 있었잖아. 네가 유도를 오래 해서 남자애들이 좀 무서워하기도 하고. 그러게, 내가 편견이 좀 있었나 봐. 미안해. 원래 운동하는 애들은 절대 힘자랑 안 한다는데, 애들이 네가 재형이 때려서 재형이 쌍코피 터진 적 있다고 해서 내가 좀 무서웠나 봐. 헛소문인 줄도 모르고. 왜 대답이 없어? 헛소문 아니야? 장난친 거구나.

좀 더 일찍 친하게 지냈으면 좋았을 텐데. 너도 고등학교 도시로 가? 아, 여기 있을 거야? 아쉽다. 근데 고등학교 도시로 나가도 엄마 아빠가 여기 계시니까 한 달에 한두 번은 내려올 거야. 그때 보면 되잖아.

네가 그때 되게 걱정스러운 눈빛으로 물어봐서 나도 모르게 술술 말해 버렸어. 만약에 내가 너랑 친한 사이였거나, 네가 친구가 엄청 많았다면 말을 못 했을 거야. 게다가 내가 마음이 많이 약해져 있었거든. 여러 가지 상황이 복합적으로 얽힌 거지.

너에게 며칠 동안 있었던 일을 말하고 나니까 마음이 좀 후련해졌어. 별거 아닌 것처럼 느껴질 정도로. 그랬더니 네가 "역시."라고 했어. 역시라니? '그랬구나'랑은 다른 말이잖아. 그래서 내가 캐물었어. 왜 '역시'냐고.

네가 당황한 듯 "아니 아니."라고 했잖아.

뭔가 있다는 확신이 들었어. 그래서 내가 학교 끝나고 잠깐 보자고 한 거고. 그날 우리가 벚꽃 길까지 돌아서 갔잖아. 그때 벚꽃 정말 아름다웠지? 제아랑 걸으려고 했던 길인데 너랑 걸으니까 신기했어. 아니, 나 그렇게 말 안 했어. 화난 게 아니라 이건 확실히 해야 할 것 같아서. 꿩 대신 닭이라니. 그렇다면 제아가 꿩이고 네가 닭이라는 거잖아. 이 속담에서는 꿩이 닭보다 더 낫다는 의미로 사용되지만 나는 네가 제아보다 못하다고 생각하지 않아. 사람은 우열을 가릴 수 없잖아. 눈은 제아가 너보다 크지만 키는 네가 더 크고, 공부는 제아가 더 잘하지만 달리기는 네가 더 잘하고. 사람은 다 다르잖아.

물론 나는 제아를 좋아했지. 너보다 제아가 나아서가 아니라 그냥 내 마음이 그런 거야. 나는 제아가 우월해서 좋아한 건 아니니까.

어쩌다 이야기가 여기까지 왔지?

그래, 너랑 벚꽃 길을 걸으며 대화하다 보니 편지 꾸러미를 훔쳐간 범인이 제아일 수도 있겠다는 생각이 들었어. 네가 직접적으로 제아일 거라는 말은 안 했지만 고백받는 걸 부담스러워하는 여자도 있다고 했잖아. 나는 그게 힌트라고 생각했어.

너는 어떤 장면을 목격했더라도 사실대로 말할 수 없었을 거야. 왜냐하면 그럼 고자질하는 게 되니까. 대신에 나한테 돌려 말한 거야. 맞아?

그래, 대답 안 해도 돼. 정말 괜찮아.

근데 아까도 말했지만 어떤 사건이 일어났을 때 가장 중요한 건 동기야. 제아가 왜 그랬을까? 네가 거짓말을 한다고 생각하진 않았지만 이상하다고 생각했어. 어차피 제아에게 갈 선물인데 왜 미리 가져가 버렸을까? 동기가 없지 않나? 그러다 예전에 누가 나한테 보내 준 짤이 생각난 거야.

여자애들이 어떤 남자를 보고 '저렇게 멋있는 남자가 날 좋아해 줄까?' 생각하면 100프로 아니고, '저 새끼가 설마 나 좋아하는 거 아니야?' 하면 100프로 좋아한다는 짤이었어.

혹시 내가 그 짤에서 말하는 '저 새끼'인 걸까? 나한테 고백받기가 싫어서 고백 자체를 무마시킨 걸까? 그렇게 생각하자 모든 의문이 풀리더라고. 네가 아까 그랬잖아. 내가 제아 좋아하는 거 반 애들이 다 알고 있었다고. 그럼 그날 내가 편지랑 선물을 사물함에 몰래 숨기는 걸 누군가 봤을 테고, 그 누군가가 제아에게 말해 준 거겠지. 제아는 나한테 고백받는 게 죽기보다 싫어서 체육 시간이 끝나자마자 들어와서 선물을 숨긴 거고.

아, 정말 현타라는 게 이런 거구나 싶더라.

제아는, 그래, 제아가 나를 안 좋아할 수는 있어. 그래도 나는 제아가 나를 싫어한다고는 생각하지 못했어. 싫어하는 애한테 책을 빌려주지는 않잖아. 싫어하는 애한테 영화를 추천해 달라고 하지는 않잖아. 내가 아무리 생각해도 이해가 안 가서 용찬이한테 물었더니 용찬이는 여자들은 그럴 수 있다고 하더라? 정말 여자들은 그럴 수 있어? 나는 남자랑 여자랑 별반 다르다고 생각하지 않거든. 물론 신체적인 조건은 다르지. 근데 내가 말하는 건 마음이야. 남자나 여자나 마음은 똑같다는 거야. 나는 누가 나를 좋아한다고 하면 내가 설령 마음이 없더라도, 걔의 마음이 고마울 것 같거든? 나를 싫어한다는 게 아니라 좋아한다는 거잖아. 근데 여자라고, 누가 자신을 좋아한다는데 그게 싫을까?

용찬이는 내가 여자를 모른다는데, 나는 내가 모르는 게 여자 마음이 아니라 사람 마음 같아. 사람 마음이 어떻게 생겨 먹은 건지 모르겠어. 후유.

무슨 얘기하는 중이었지? 아 그래. 너한테 고백받는 걸 부담스러워 하는 애들도 있다더라는 얘길 듣는 순간, 퍼뜩 하나의 생각이 떠올랐고, 곧바로 나는 너한테 미안하다고 말하고 뛰어갔어. 뛰어가는 순간에도 벚꽃이 자꾸 머리통 위로 떨어져서 얼마나 거추장스럽던지. 벚꽃 하면 이제 지겨워 죽겠다니까.

사랑하는 사람이랑 벚꽃 길을 걸어야겠다는 환상 같은 건 왜 가진 건지. 환상이 문제라니까. 환상이. 세상을 정확히 바라봐야 해. 환상 같은 거 가지고 바라보면 꼭 사달이 난다니까.

그날 너한테 제대로 설명도 못 하고 먼저 가서 미안해. 사과하고 싶어서 전화해도 되냐고 물어봤던 거야. 네가 그래도 된다고 해서 얼마나 다행이었는지. 그날은 미안했고 고마웠어.

그날 내가 어디 갔던 거냐면…….

커피가 다 식었네. 뜨거운 물 좀 부어 올게. 커피 맛 중시하는 우리 아빠가 알면 난리 날 텐데, 나는 커피 마시다가 식으면 뜨거운 물 부어서 먹어. 자꾸 붓다 보면 나중에는 커피가 아니라 커피 맛이 나는 물이 되지. 그래도 뭐 내 맘이지.

아, 따뜻하다. 이제 곧 여름이라 살짝 덥기도 하지만, 햇볕 안 드는 방에서 가만히 있으면 좀 으슬으슬 춥거든. 기가 허한가. 하하.

여기부터는 너도 모르는 이야기지?

그날 내가 학교 가기 전에 제아네 집 우편함에 편지랑 선물을 넣어 놓고 왔어. 그때는 누가 훔쳐 갔는지 범인을 몰랐잖아. 벚꽃이 다 질까 봐 마음이 급했거든. 꽃은 서서히 펴서 갑자기 지잖아. 그러니 벚꽃이 가장 만개했다는 건 곧 진다는 의미지.

그러고 보니 너랑 그날 걸었던 벚꽃 길이 정말 예쁘긴 했어. 바람이 휭휭 불 때마다 머리 위로 벚꽃이 우아하게 날렸잖아. 물론 그걸 감상할 기분은 아니었지만, 지나고 보니 그러네.

내년 이맘때에는 여기 없을 텐데 생각하니까 뭔가 아쉽다. 그래도 네 덕에 그 길도 걷고, 생각해 보니 좋았네. 인생이 참 그래. 나쁜 일만 일어나는 것 같아도 좋은 일도 있어.

너도 좋았구나! 그 말 들으니까 기분 좋다.

아, 그래. 그날 우편함! 범인은 못 찾았지만, 설마 우편함까지 뒤져서 편지를 **빼** 갈 것 같지는 않아서 제아네 우편함에 편지를 넣어 놓고 온 거야. 학교 가는 길에 발견하면 수업 내내 신경 쓰일 것 같아서, 제아가 학교 가는 것까지 확인하고 넣었지. 학교 갔다가 집에 돌아오는 길에 확인할 수 있게. 근데 제아가 편지 **빼**돌린 범인이라는 이야기를 듣고 나니까 절대 들키면 안 되겠다는 생각이 들어서, 너한테 제대로 설명도 못 하고 제아네 집으로 뛰어갔어.

근데 우편함에 아무것도 없었어.

아…… 제아가 **빼** 갔나 보다, 얼마나 황당할까, 고백 안 받으려고 편지까지 **빼**돌렸는데 기어코 고백하는구나 생각할까? 별의별 생각이 다 들면서 딱 죽어 버리고 싶더라고. 진짜 사라지고 싶었어.

나도 이때까지 살면서 창피한 일 많이 당했거든.

근데 이 창피함은 이전의 창피함과는 차원이 달랐어. 이건 '왜 태어났을까'까지 생각하게 되는 수준의 창피함이었어. 그러고 돌아서는데 제아와 딱 마주친 거야. 학원 가려고 나오는 길이었더라고.

제아가 나를 보더니 "《맹탐정 고민 상담소》 다 읽었어? 안 그래도 그거 돌려 달라고 말하려고 했는데."라고 하더라.

정말 어쩜 저렇게 **뻔뻔**한지.

그때 느꼈지. 아, 제아는 이번 고백도 안 받은 걸로 치려고 하는

구나. 없던 일로 하기로 했구나. 그래서 나한테 아무렇지 않게 구는 거구나. 솔직히 그때는 너무 황당해서 화도 안 났어. 사고가 마비됐다고 해야 하나? 나도 모르게 제아 말에 대답하고 있었어.

"아직."

"왜, 별로야?"

"이번 건 그냥 그렇네."

"그래? 난 재밌게 읽었는데. 너한테는 안 맞나 보다. 그럼 책 돌려주려고 온 것도 아니고, 여긴 왜 왔어?"

와, 이때는 도저히 못 참겠더라고. 참았던 화가 폭발했어. 아니 이건 너무하잖아? 모르는 척에도 정도가 있지, 여긴 왜 왔냐니! 그게 할 소리야?

"너 진짜 너무한다. 차라리 거절을 해! 왜 당당하게 거절을 못 하는데? 내가 널 좋아하는 게 잘못이야? 그래?"

소리쳤지. 그러고는 제아가 무슨 말을 할 새도 없이 집으로 온 거야. 이게 며칠 사이에 일어난 일이야.

지금도 제아한테 자꾸 카톡 오는데, 너랑 전화 끊고 나면 카톡도 차단해 버리려고.

난 그래. 제아가 그냥 날 좋아하지 않는다고 했다면 상처는 받았겠지만 제아를 미워하지는 않았을 것 같아. 근데 이건 너무한 거잖아. 내가 예민한 거야? 내가 정말 여자 마음을 몰라서 그러는 거야?

고백조차 받기 싫다니…….

얼른 여름이 오고 겨울이 와서 여길 떠나고 싶어. 내년 벚꽃이
필 때쯤이면 난 이곳에 없을 테니까. 여기서 태어나서 지금까지
살았는데, 떠날 생각을 하니 좀 섭섭했거든. 근데 이제는 얼른
떠나고 싶어. 얼른 내년 봄이 왔으면 좋겠다.

말이라도 그렇게 해 줘서 고마워. 네 덕분에 아주 나쁜 기억만
은 갖고 가는 게 아닌 것 같아 다행이야. 날 도와준 사람이 있었
다는 거, 그게 되게 마음 따뜻해지는 일이잖아.

어머님이 부르시는 거 아니야? 맞지?

그래, 다음에 또 통화하자.

그래, 그래. 또 전화할게.

제아

미치겠다. 카톡까지 차단해? 내가 그럼 너한테 연락 못 할 줄 알았냐? 학교에서는 내가 애들 보는 눈이 있어서 소리 못 질렀지만 너도 내 성격 알지? 왜 말이 없어? 지금 듣고 있는 거 알아.

동생 폰으로 전화 걸 거라는 생각은 못 했어? 하긴, 넌 애가 단순하잖아. 하나밖에는 모르지.

아아, 알았어. 알았어. 우선 사과할게. 사과 먼저 한다고.

야, 들어 봐. 들어 보라니까. 네가 잘못 알고 있는 게 하나 있어. 네가 고백하는 게 싫어서, 네가 싫어서 거절한 게 아니야. 나도 소문 들었어. 네가 말하고 다닌 건 아니겠지만 이 바닥이 좀 좁냐? 애들이 다 알고 있더라고.

그래, 내가 훔친 건 맞아. 근데 소문처럼 날 좋아하는 것조차 싫어서 고백을 막으려고 했던 게 아니야. 내가 설마 그러겠어?

너 나를 그렇게 몰라? 나 그런 사람 아니야.

물론 내가 호불호가 강한 건 맞아. 근데 이게 호불호 강한 거랑 무슨 상관이야? 나는 너를 친구로서 정말 좋아해. 네가 날 좋아해 줘서 고맙고. 물론 네가 날 이성으로 좋아하지 않았으면 더 좋았겠다 싶지만, 사람 마음이라는 게 그렇지 않잖아. 좋아하고 싶어서 좋아하는 것도, 싫어하고 싶어서 싫어하는 것도 아니고. 그냥 마음이 그런 거잖아.

내가 그걸 왜 몰라? 나도 잘 알아.

그래, 솔직하게 말할게. 너하고 이렇게 어색하게 1년 동안 지내는 거 싫어. 왜 자꾸 비꼬는데? 내 마음 편하자고 그러는 게 아니라 너와 함께한 시간이 아까워서 그렇지. 그럼 너 고등학교 가면 나랑 연락 아예 끊을 거야? 그럼 우리 이제 친구 아니야?

자, 자. 자꾸 감정적으로 그러지 말고, 내가 차근차근 설명할게. 너도 커피 한 잔 타 와. 나도 녹차 한 잔 타 올 테니까. 나 커피 못 마시는 거 알잖아. 별걸 다 시비네.

타 왔어? 이제 들을 준비됐지?

나 용찬이 좋아해.

아, 뭐야. 더러워. 아니 안 보여도, 다 보이지. 너 지금 커피 뱉었잖아. 아니 내가 용찬이 좋아한다는데 네가 왜 난린데? 어이없네, 빨리 닦아. 다 닦았어?

너랑 나랑 제일 친하잖아. 같이 있는 게 재밌기도 하고, 또 우리가 솔직히 동성 친구가 없잖아. 나도 애들이 나 싫어하는 거 알아. 잘난 척한다고. 무슨 말만 하면 잘난 척한대. 일부러 혀 굴리면서 말한다는데 아니, 혀가 긴 걸 어떡해? 내가 대학 병원 가봤는데 혀 긴 건 치료 방법도 없대. 나는 재수 없어서 인기 없고, 너는 운동을 워낙 못해서 애들이 껴 주지를 않잖아. 이래저래 우리는 친구 할 운명이었던 거지.

아, 제발, 제발 다 듣고 말해. 내가 먼저 말하고 나서 너 말할 시간 100시간 줄게. 친구만 할 운명이라고 한 적 없어. 친구 할 운명이라고 했지.

하나, 둘, 셋. 쉿!

그래도 너는 나보다 친구가 좀 있었잖아. 하교 후에 농구나 축구는 같이 안 해도 게임은 같이 하는 애들. 용찬이도 그중에 한 명이지. 너 때문에 용찬이를 알게 됐어. 걔는 정말 몸으로 하는 건 다 잘하더라. 보통 농구 잘하면 축구는 못하는데 걔는 손발을 다 잘 써. 나는 운동을 못하잖아. 그래서 그런지 몸으로 뭔가를 능숙하게 하는 모습이 특별해 보이더라고.

처음에는 동경이라고 생각했어. 아이돌 좋아하는 것처럼 말이야. 뭐 용찬이가 아이돌처럼 잘생긴 건 아니지만, 약간 미소년 느낌이 나잖아. 뭐? 너 자꾸 그런 식으로 말하면 설명 안 한다.

그래, 사람 좋아하는 게 죄는 아니잖아. 나도 널 좋아하고 싶어. 근데 마음이 자꾸 용찬이에게 가는 걸 어떡해? 아니, 물론 너도 좋아하지. 근데 좋아하는 마음이 좀 달라. 너랑 대화하는 게 즐거워. 내가 추천해 준 책을 네가 재밌게 읽었다고 하면 너무 뿌듯하고, 또 뭘 추천해 줄까 고민하게 돼. 뭣보다 내가 싫어하는 책을 너도 싫다고 할 때, 가장 기분이 좋아. 특히 어른들이 꼭 읽어야 한다고 인이 박이도록 얘기하는 책들은 절대 읽기 싫어. 그런 책들 보면 문학이랍시고, 나랑 또래인 주인공이 나와서 인생이 허무하네, 뭐 하네 하는데 내가 보기엔 다 큰 성인이 어린애인 척하면서 삶에 대해 투정 부리는 것 같아. 난 그런 글들을 읽으면 싫은 정도를 넘어 분노를 느끼거든. 근데 아무도 나의 이런 감정을 읽어 주지 않아. "야, 서울대 교수가 추천한 책이래." "야, 이게 별로면 왜 100년 가까이 읽히겠냐?" 하는 말들, 너무 듣기 싫어. 서울대 교수가 추천한 책이면 나도 좋아야 해? 솔직히 노벨문학상 받은 책도 내가 별로면 별로인 거 아니야?

근데 이런 말 쉽게는 못 하잖아. 사회 부적응자나 삐딱한 애처럼 보일까 봐. 근데 너한테는 말할 수 있거든. 너도 나랑 같은 걸 느끼니까. 그래서 네가 좋았어. 소울 메이트 같은 느낌? 그래서 너와 늘 친구로 지내고 싶었어. 어쩜 이게 내 욕심이었을 수도 있겠다는 생각이 들어. 아니, 생각이 드는 게 아니라 욕심 맞아. 미안해……

내가 너와 친구로 지내고 싶다고 해서 너에게도 그걸 강요하면 안 되는 건데, 내가 너무 단순하게 생각했어.

고백을 못 하게 막는 게 아니라 너에게 내 마음을 솔직히 털어놨어야 했어. 고백만 막으면 없는 일이 될 거라고 생각했거든. 참, 어쩜 이렇게 바보 같은 생각을 한 거지?

네가 날 좋아할 수도 있겠다는 생각이 언젠가부터 들었어. 애들도 우리가 붙어 있으면 "야, 민석이 입 찢어진다." 이런 말 하고 지나가니까 못 들은 척해도, 신경 안 쓰는 척해도 신경 쓰였거든. 네 마음을 어렴풋이 알게 된 후부터 마음이 조마조마했어. 네가 고백하지는 않을까. 그럼 이제 책 이야기도 못 하게 되는 게 아닐까. 그래서 네가 머뭇거리면 내가 먼저 딴 이야기를 했어. 그럼 너도 모르는 척 다시 책 이야기를 했지. 제발 이렇게 1년만 지나가라, 바랐어. 1년이 지나고 서로 다른 고등학교에 가게 되면 너의 마음이 사라질 거라고 생각했거든. 그럼 친구로서 계속 잘 지낼 수 있지 않을까. 참 어리석은 생각이었네.

그날 학교에 갔더니 애들 몇 명이 네 사물함 앞에서 얼쩡거리더라고. 그냥 장난치는 거겠지 했는데 분위기가 심상치 않아서 물어보니까, 네 사물함 안쪽에 편지랑 선물이 있다는 거야.

"야, 민석이 고백하려나 봐."

누가 말했는지는 기억이 안 나. 근데 누가 했는지도 모를 그

말이 계속 귓가에 윙윙 맴도는 거야. 누가 "쟤네 이제 사귀냐?" 이런 말도 했던 것 같아.

'아, 막아야 해. 무조건 막아야 해.' 그런 생각이 날 압도했어.

정중히 거절하면 될 일이란 건, 아주 나중에야 생각했어. 그때는 그런 생각조차 들지 않았어. 고백받으면 끝이라는 생각만 들었어. 근데 고백을 막을 방법이 없는 거야. "고백하지 마."라고 말할 수도 없고. 처음에는 배 아프다고 말하고 조퇴할 생각이었어. 마침 생리 중이었거든. 생리가 뭔지는 알지? 자세히 말하지 말라고? 생리는 자연스러운 거야. 멀리할 게 아니라 우리는…… 아, 그래 알았어.

근데 내가 그날 조퇴를 해서 고백을 안 받는다고 해도, 편지와 선물은 그대로 있는 거잖아. 그대로 뒀다가 다음 날 고백하면 되는 거지. 그러자 편지와 선물을 없애야 된다는 생각이 들었고, 그래, 그다음은 알지? 그렇게 된 거야.

너한테 정정당당하게 사과하고 싶어. 내가 잘못한 부분에 관해 더 이상 회피하기 싫어. 나는 너의 고백을 받았어야 했어. 나의 어리석고 철없는 행동 때문에 너에게 큰 상처를 준 것 같아. 난 왜 이렇게 생각이 짧고 이기적인지. 나도 내가 이렇게 싫은데 네 마음은 어떨지 상상도 안 가.

……안 싫어해?

나한테 화난 거 아니었어?

화는 났는데 싫어하지는 않는다는 게 무슨 뜻이야? 아, 아. 알 것 같아. 네가 그렇게 말하니까 더 미안해진다.

나 사실 하나 더 솔직하게 고백할 게 있어.

알고 있다고?

우편함?

그게 무슨 말이야? 그래, 그건 이따 말하고 이것부터 말할게.

사실 나 내가 편지랑 선물 훔쳐 간 거 누가 너한테 말해 줬는지 알고 있어. 윤하지? 어떻게 알았냐니. 뭐 뻔하지.

그날 내가 사물함에서 편지와 선물을 꺼낼 때까지는 아무도 없었던 게 맞아. 근데 내가 그 선물을 내 가방에 옮겨 담을 때 윤하가 교실에 들어왔어. 나랑 눈도 마주쳤고. 근데 그때는 내가 가방에 넣는 게 뭔지는 윤하가 모를 거라고 생각했어. 그래서 크게 생각을 안 했지.

근데 그날부터 너의 행동이 좀 변한 거야. 그래도 당일에는 나에게 매몰차게 굴지 않았거든. 좀 어색하게 행동했을 뿐이지, 화를 내지는 않았어. 이때까지는 너도 범인이 누군지 몰랐던 거야.

근데 며칠 전, 우리 집 앞에서 네가 나한테 엄청 화낸 적이 있어. 넌 그때 알았던 거야. 그렇다면 누굴까? 마침 그날 너랑 윤하랑 집에 같이 간 걸 알았거든.

미행? 내가 널 왜 미행해? 내가 그렇게 한가한 줄 아냐.

그날 너한테 《맹탐정 고민 상담소》 책 돌려 달라고 말하려고 했는데 수행 평가 때문에 정신이 없어서 깜빡한 거야. 그래서 집에 갈 때 말해야겠다 싶어서 찾았는데 네가 이미 운동장을 가로질러 가고 있더라? 그래서 따라가려고 했는데 윤하도 같이 가더라고. 나는 둘이 같이 가는 게 아니라 우연히 같은 시간에 걸어가는 건 줄 알았어.

아, 그러니까 우리가 집에 가려면 교문을 통과해야 하잖아. 모두 다. 윤하도 교문을 통과하려면 운동장을 가로질러 걷고, 너도 교문을 통과하려면 운동장을 가로질러 걸어야 하잖아. 처음에는 우연히 속도가 비슷해서 같이 가는 것처럼 보이는 건 줄 알았다는 거지. 이해됐어?

그랬는데 너랑 윤하의 거리가 점점 좁혀지는 거야. 교실 창문으로 본 거라 정확히는 안 보였는데 둘이 뭔가 속닥속닥 대화하는 것처럼 보이기도 했고. 그래서 '아, 둘이 같이 가는구나.' 했어. 속으로 '윤하 좋겠네.'라고도 생각했지.

응? 왜 좋냐니. 윤하가 너 좋아하잖아.

몰랐어? 어머, 내가 실수했나? 근데 이건 내가 실수한 거라고만 볼 수 없는 게 우리 반 애들 거의 다 아는 사실인데 당사자인 너만 몰랐다는 게 말이 안 되잖아. 진짜 몰랐어? 아, 어떡하지? 윤하한테는 내가 말했다고 절대 이야기하면 안 돼. 나 정말 왜 이러지. 맨날 실수만 해.

아니, 근데 윤하도 나한테 잘못했으니까 쌤쌤인 거네.

그날 윤하가 너한테 말해 준 거지? 편지랑 선물 훔친 범인이 나라고. 그래서 네가 그 얘기 듣자마자 우리 집에 따지러 뛰어온 거고. 처음엔 참으려고 했는데 내가 계속 모른 척하니까 네가 폭발한 거고?

일차적으로 편지랑 선물 훔친 건 내 잘못이 맞지만, 윤하도 잘한 건 아니지 않아? 와, 너 윤하 편 드는 거야? 윤하가 말해 준 게 아니면 네가 그 사실을 어떻게 알았겠어? 뭐, 추론? 나는 그말 안 믿어. 윤하 감싸 주려고 하는 소리잖아.

나도 실수로 친구 비밀 같은 거 알게 될 때 있어. 그래도 절대 말 안 하거든? 근데 윤하는 그걸 너한테 쪼르르 가서 말한 거잖아. 나는 그게 불쾌하다는 거야. 근데 이상한 건 왜 윤하는 당일에 너한테 말 안 하고 며칠 뒤에 말했을까? 난 그게 걸려.

아, 며칠 동안은 긴가민가했다가 그날 확신하게 된 건가? 그것도 이상한데.

또? 뭘 말해?

근데 윤하가 너 좋아하는 거, 진짜 몰랐어? 와, 어떻게 모를 수 있지. 그렇게 티 나게 행동했는데……. 네가 《젊은 베르테르의 슬픔》 읽고 있으면 윤하도 다음 날 똑같은 책 빌려 와서 읽고 그랬잖아. 몰랐다고? 이것만이 아니야. 체육할 때 너 얼마나 쳐다보는데. 급식실에서 밥 먹을 때도 그렇고.

몰랐어?

너 진짜 둔하다. 그러니까 네가 나 좋아하는 거, 내가 눈치챈 것도 모르지. 아니, 욕하는 게 아니라 너의 그런 면이 좋아. 되게 예민해 보이는데 실은 그렇지 않잖아. 마음도 따뜻하고. 뭘 띄워 줘. 사실을 말하는 건데.

내가 너한테 했던 행동…… 용서받기 어렵다는 거 알아.

만약에 네가 나한테 정식으로 고백하고, 내가 또 정중하게 거절했다면 어땠을까? 그랬다면 우린 좋은 친구 사이로 계속 지낼 수 있지 않았을까? 아니, 당장은 서로 얼굴 보기 껄끄러워도 결국에는 서로의 마음을 이해하고 계속 친하게 지내지 않았을까 싶어.

근데 내가 조금 난감하다는 이유로, 불편하다는 이유로 더 큰 잘못을 저질러 버렸고, 이제는 돌이킬 수 없다는 생각이 들어. 내가 너에게 미안하다고 사과를 하고, 네가 받아 준다고 해도 결국 우리 사이의 이런 불신은 사라지지 않을 것 같아. 다 내가 자초한 일이지 뭐. 나도 내가 너무 싫다.

아, 그래서 더 화난 거야? 고백받는 것조차 싫어서 그런 줄 알고? 그건, 그건 절대 아니야. 그건 오해하지 마.

응, 다 말했는데? 뭘? 뭘 더 말해?

아, 혹시 용찬이 좋아하는 애 있어? 둘은 친하니까 그런 거 말하지 않아? 그래, 알았어, 안 물을게.

응, 이제 없는데? 뭘 자꾸 더 말하래? 편지 얘기 아까 했잖아. 내가 훔쳤다고. 훔친 거 말고라니? 그게 다야. 뭘 자꾸 고백하래.

우편함? 두 번째 고백? 그게 무슨 소리야? 그건 나도 모르는 일인데? 아니야. 내가 지금 이 마당에 너한테 왜 거짓말을 하겠어. 난 사물함에서 딱 한 번밖에 안 훔쳤어. 우편함에서는 편지랑 선물 못 봤는데?

정말? 그럼 그걸 누가 훔쳐 간 거야?

나 지금 어떤 애가 퍼뜩 떠오르는데, 내 입으로는 말 못 하겠다. 너도 느낌이 왔지?

윤하

　휴, 정말 무슨 소리야. 내가 널? 솔직히 말하라니? 내가 널? 왜? 누가? 이제아 황당한 애네. 아니야, 아니! 내가 왜 널 좋아하면서 안 좋아하는 척해? 내가 왜? 죄지은 것도 아니고. 아니, 안 좋아하니까 안 좋아한다고 하지. 답답해 죽겠네. 야, 내가 화상 채팅방 만들 테니까 링크 보내면 바로 들어와. 이제아한테는 내가 말할게.

　무슨 일이야, 정말.

　짜증 나 죽겠네.

민석 vs 제아 vs 윤하

윤하   다 들어왔네. 코로나 때문에 화상 채팅하던 습관이 이렇게 도움이 될 줄은 몰랐다. 뭔가 큰 오해가 있는 것 같은데, 나 민석이 안 좋아해. 이제아! 너는 왜 거짓말을 하고 다녀?

제아   우선, 네 마음을 본의 아니게 내가 말한 게 돼서, 그건 정말 미안해. 근데 내가 거짓말한 건 아니잖아.

윤하   무슨 뜻이야?

제아   애들 다 알아. 반에 소문났다고.

윤하   아니, 왜 그런 헛소문이 퍼졌지? 네가 낸 거 아니야? 그리고 소문나면 진짜야? 애들이 다 알면 거짓이 진실이 되냐고.

제아   너 왜 자꾸 아닌 척해? 내가 실수로 민석이한테 말한 건 미안하지만, 거짓말은 이제 그만했으면 좋겠어. 부끄러워서 그래?

윤하 부끄러운 게 아니라……. 휴우.

민석 둘이 나 때문에 그만 싸웠으면 좋겠어.

윤하 너 때문에 싸우는 게 아니라 자꾸 제아가 사실이 아닌 걸 우기니까 그렇지. 내가 왜 너 때문에 싸워?

제아 에휴, 그래. 그냥 안 좋아하는 걸로 해. 그럼 됐지? 그리고 나만 잘못했냐? 너도 내가 민석이 사물함에서 편지 훔친 거 민석이한테 말했잖아.

윤하 내가?

민석 아, 제아야. 아까 내가 제대로 설명 못 한 것 같은데 윤하가 말해 준 게 아니라 윤하랑 같이 걷다가 나 혼자 깨달은 거야. 윤하는 직접적으로 너라고 말해 준 적 없어.

제아 아니라고?

윤하 응, 아니야. 나 그렇게 입 싼 스타일 아니거든?

제아 네가 민석이 좋아해서 폭로한 거 아니야?

윤하 폭로? 어이없다. 폭로라는 말이 여기서 왜 나와? 네가 무슨 아이돌이라도 돼? 아! 내가 네 도둑질 폭로한 줄 알고 민석이한테 내가 민석이 좋아한다고 거짓말한 거구나. 이제 이해가 되네.

제아 네가 말한 게 아니라면 정말 미안하지만, 일부러 거짓말한 게 아니라 나는 네가 정말 민석이 좋아하는 줄 알았어.

애들도 다 그렇게 알아. 반에 소문 다 났어.

윤하　진짜 어이없네. 아니, 내가 민석이를 왜 좋아하냐고! 너는 용찬이 같은 애 좋아하면서 나는 왜 민석이 좋아한다는 거야?

제아　그래, 내가 용찬이 좋아하는 건 맞아. 민석이한테도 이미 말했고 더 이상 속이고 싶지 않아. 너도 좀 솔직해져라.

윤하　나는 사람 보는 눈도 없는 줄 알아?

민석　잠깐만. 그게 무슨 뜻이야?

윤하　아, 민석아, 미안해. 나쁜 뜻이 아니라⋯⋯.

민석　그런 뜻이 아닌 게 아닌 것 같은데? 사람 보는 눈이 없다 라니?

윤하　아니, 그런 뜻이 아니라⋯⋯.

민석　나, 나가 봐야겠다.

윤하　민석아, 미안. 이번엔 내가 정말 잘못했어. 정말 미안해. 제아가 내가 널 안 좋아한다는 말을 못 믿는 것 같아서 강하게 말하다 보니까 나도 모르게 실수했어. 진짜 미안해. 왜 그럴 때 있잖아.

민석　휴, 그래.

제아　그럼 너 정말 민석이 안 좋아해? 진짜야?

윤하　(고개를 끄덕이며) 응. 친구로서 민석이를 정말 좋아하지만, 이성으로 좋아하지는 않아. 진심이야. 이런 걸로 거짓

말하고 싶지 않아.

제아 그래, 그렇다면 미안해. 다음 주에 학교 가서 애들이 그 얘기하면 아니라고 말할게. 정말 미안해. 괜히 분란만 일으켰네. 그럼 내 우편함에 민석이가 넣어 둔 편지 훔쳐 간 사람도 너 아니겠네?

윤하 그 얘길 하려고 들어오라고 했어. 난 그 범인이 누군지 알아.

민석 누군데?

제아 누구야?

윤하 그 말을 하기 전에 내가 왜 너희 두 사람 일에 끼어들게 됐는지 그것부터 설명할게. 좀 기니까 잠깐 기다려 줘. (화면 밖으로 사라졌다가 머그 컵을 들고 들어온다. 머그 컵에는 커피가 가득 차 있고 움직일 때마다 커피가 출렁인다.) 우선 나는 민석이를 좋아해. 아, 남자로 말고 친구로. 또래 남자애들에 비해서 성숙해 보이고 뭣보다 시끄럽지 않잖아. 누가 여자보고 말 많다고 하는지. 남자애들 몰려다니면서 종알대는 거 귀 아파 죽겠어. 근데 민석이는 왕따는 아니지만 또 적극적으로 몰려다니지도 않잖아. 쉬는 시간에도 혼자 책 읽거나 핸드폰 보고. 그런 모습이 좋더라고. 그래서 가끔 민석이 혼자 책 읽고 있으면 가서 무슨 책 읽는지 물어보고 영화 추천받고 하는 게 좋았어.
그날도 민석이가 책 읽고 있길래 물어보러 갔거든.《맹탐정

고민 상담소》인가? 뭐 그런 거 읽고 있다고 하더라고. 내
가 재밌냐고 물었더니, "제아는 재밌다던데 나는 별로야."
라고 민석이가 말했어. 근데 말을 하면서도 자꾸 사물함
을 힐끗거리고 핸드폰으로 시간을 자꾸 확인하더라고. 평
소랑 달랐어. 왜 사람에게는 촉이라는 게 있잖아. 나도 그
때 촉이 딱 오는 것 같았어. '뭔가가 있다!' 그래서 그날 아
침부터 민석이를 계속 관찰했고 그 결과 민석이 사물함
안에 뭔가가 있다는 확신을 갖게 됐어. 근데 나만 안 게
아니더라고. 몇몇 애들이 민석이가 윤하한테 고백하려고
편지랑 선물을 가져왔다고 떠들고 다니더라. 모두 쉬쉬하
지만 다 알고 있는 그런 상황이었어.

뭐 그다음 일은 다 알고 있지? 난 근데 그것 말고 또 하나
특이한 장면을 목격했어. 사물함을 주시하고 있는 한 명
이 더 있었던 거야.

민석 누군데?

제아 누구야?

윤하 (커피를 후루룩후루룩 소리 나게 마시며) 재촉하지 마. 그럼
　　　말 안 할 거야.

제아 알았어.

민석 알았다고.

윤하 아까는 내가 민석이 좋아한다고 해서 엄청 화났었는데,

말하다 보니까 되게 재밌다. 둘 다 눈이 초롱초롱해서 내 입만 쳐다보고 있으니까. 히히.

제아 아, 빨리 좀.

윤하 커피 좀 더 마시고. (커피를 일부러 후루룩 소리 나게 장난치며 마시는데, 애들이 화면 밖으로 나갈 준비를 하자 황급히 커피 잔을 내려놓는다.) 다 마셨어! 이제 말할게. 앉아, 앉아.

민석 너 이런 애였어? 나 너 되게 조용하고 착한 애인 줄 알았어.

윤하 원래 안 친하면 다 착해. 친하지도 않은데 시비를 걸 필요는 없잖아. 암튼 개를 앵무새라고 할게. 앵무새가 사물함을 계속 주시하는 거야. 그래서 나는 그날 총 세 명을 감시했어. 민석이, 제아, 앵무새. 제아가 체육 시간이 끝나고 민석이의 편지를 빼돌렸잖아. 근데 그전에 앵무새가 먼저 빼돌리려고 시도했어. 체육 시간이라 다들 옷 갈아입고 운동장으로 나갔잖아. 가장 늦게 나간 사람이 나와 앵무새야. 앵무새를 감시하려고 남아 있다 보니까 그렇게 됐거든. 내가 "안 나가?" 물어보니까 앵무새가 "먼저 나가." 하길래 나가는 척하고 숨어서 지켜봤거든? 근데 앵무새가 민석이 사물함을 열더라고.

민석 와, 누구야? 앵무새가 누군데?

윤하 기다려 봐. 사물함을 열고 편지 꾸러미를 찾는데, 교과서에 가려서 안 보이잖아. 그래서 교과서를 막 치우려다가……

아, 이때 내가 실수를 했어. 아까 내가 몰래 지켜봤다고 했잖아. 체육 시간이 시작되고도 복도에서 서성이다가 옆반에 수업 들어가는 선생님한테 들킨 거야. "김윤하! 너 왜안 들어가?" 선생님이 말하자마자 앵무새가 사물함을 팍닫고 교실을 뛰어나갔어. 그러고는 뭐 다 아는 그 사건이벌어진 거지.

민석   그래서 걔가 누군데?

윤하   자꾸 말 끊으면 이제 말 안 한다. (일어서는 척하는데, 아무도 잡지 않는다.) 이번만 참을게. 암튼 앵무새 시점에서 보자면 제아가 선물 꾸러미를 훔쳐서 민석이가 고백하지 못한 것까지는 모르잖아? 아마 앵무새는 민석이가 고백했다고 생각한 것 같아. 근데 그다음부터 둘의 사이가 더 어색해진 걸 보고 제아가 고백을 거절했다고 확신한 것 같아. 그리고 실제로 반에도 소문이 퍼졌고.

제아   어, 나는 그런 소문 못 들었는데?

윤하   원래 소문은 당사자만 모르잖아. 민석이가 제아한테 고백했는데 제아가 **뺨**을 때렸다더라, 울었다더라, 소리 질렀다더라 별의별 말이 다 돌았어.

제아   아니 싫으면 싫은 거지, **뺨**은 왜 때려?

윤하   그러니까 소문이지. 아까 네가 그랬잖아. 내가 민석이 좋아한다고 반에 소문났다고. 원래 소문이 그런 거야. 사소한 행동에 의미를 부여하는 거지. 애들 입장에서는 내가 민석이한테 자꾸 말 시키는 게 좋아해서 그런 걸로 보였겠지. 나는 정말 책 제목이 알고 싶어서 말 시킨 건데. 암튼 앵무새도 그 소문을 들었겠지. 그래서 앵무새는 결심한 것 같아. 이참에 자신도 고백해야겠다고. 그래! 앵무새는 제아를 좋아하고 있었어.

민석   앵무새가 누군데?

제아   진짜야? 헛다리 짚은 거 아니고?

윤하   확실한 물증이 있어. 난 누구처럼 헛소문 같은 거 안 내거든?

제아   (물을 마시더니 갑자기 일어나서 두 팔을 위로 쭉 뻗고 스트레칭을 한다.)

윤하   내가 그걸 어떻게 알게 됐냐면, 본의 아니게 앵무새를 미행했거든. 물론 미행이 나쁘다는 건 알아. 그런 윤리적인 충고는 넣어 둬. 본의 아니게 하게 된 거거든. 눈치챘겠지만 나는 사람 관찰하는 거 좋아해. 뭔가 이상하다 싶으면 자꾸 관찰하게 되거든. 제아가 민석이의 고백을 거절했다는 소문이 돌고 나서 앵무새의 얼굴에 생기가 도는 거야. 뭔지 알지? 웃고 있는 건 아닌데 들떠 있는 것 같은 느낌 있잖아. 암튼 얼굴이 환해졌어. '아, 뭔가 일이 일어나겠구나.' 확신했지. 뭐 그날은 별일 없었어. 다음 날도. 근데 그다음 날, 그러니까 민석이가 제아 집 우편함에 고백 꾸러미를 넣기 전날 분위기가 좀 이상했어.

앵무새가 운동을 좋아해서 수업 끝나면 축구나 농구를 하거든. 코로나 때문에 선생님들이 하교 후에 운동하지 말라고 해도 다 무시하고 했잖아. 근데 앵무새가 그날 축구를 안 하고 집에 가는 거야? 그래서 느꼈지. '아, 오늘이 디데이구나.'

마침 우리 집 방향과 같은 방향으로 가고 있어서 따라갔어. 절대 절대 미행이 아니야. 아니, 미행은 맞지만 본의가 아닌 거지. 앵무새가 따져도 난 할 말이 있었어! "나 지금 집에 가는 길이거든?" 하고 말이야. 앵무새가 제일 먼저 간 곳은 문방구였어. 뭘 샀는지는 정확히 모르겠지만 카드가 아닐까 추측하고 있어. 그다음 들른 곳은 꽃집. 장미꽃 한 송이를 샀어. 그리고 마지막으로 빵집에 들렀지. 뭘 샀을지는 알겠지? 그래, 케이크야.

편지, 장미꽃 한 송이, 케이크. 이 세 가지만 놓고 보면 앵무새가 뭘 하려는지 알겠지? 나는 그날 곧바로 고백할 거라 생각해서 집에 가지 않은 채 앵무새 주위를 알짱거렸는데 앵무새가 나한테 다가오는 거야.

처음에는 나한테 다가오는 줄도 모르고 우연히 마주친 척했어. "어? 안녕? 나 집에 가는 길이야." 그랬더니, 앵무새가 "너 절대 연기 쪽으로는 가지 마라." 하더라고. 지는 뭐 연기 잘하는 줄 알아. 아, 암튼, 그래서 나쁜 뜻은 없었고 그냥 호기심에 그랬다고 솔직하게 말했지. 그랬더니 자기가 장미꽃이랑 케이크랑 카드 산 거 꼭 비밀로 해 달라고, 사실은 내일 제아한테 고백할 거라고 하더라. 두 가지 생각이 동시에 들었어. '오, 제아 진짜 좋아하겠다!' '근데 민석이는 어쩌지?' 이 두 가지 생각이 왔다 갔다 했어.

앵무새가 이왕 이렇게 된 거 내일 수업 끝나고 제아를 이곳으로, 아, 이곳이 어디냐면 빵집 뒤에 큰 벚꽃나무 한 그루가 있잖아. 엄청 큰 벚꽃나무. 다들 알지? 거기로 데려와 달라고 했어. 그래서 내가 "왜 그래야 해?" 했더니 미행에 대한 벌이라고. 암튼 그래서 알겠다고 했어.

그리고 집에 왔는데 왠지 죄를 지은 느낌인 거야. 내가 뭐 딱히 잘못한 것도 없는데 마치 민석이한테 죽을죄를 지은 느낌? 암튼 밤새 여러 가지 생각에 잠을 제대로 못 잤어. 그리고 아침이 됐는데, 학교에 가지 말아야겠다는 생각이 들었어. 배 아프다고 뻥치고. 그래. 회피를 선택한 거지. 나도 내가 비겁한 건 아는데, 정말 그 소용돌이에는 빠져들고 싶지 않았어. 그래서 엄마한테 배 아프다고 했다가…… 등짝을 얻어맞고 일어났는데 갑자기 이 사실을 빨리 말해 버리는 게 차라리 낫겠다는 생각이 들었어. "앵무새가 너를 왕벚꽃나무 아래로 데려오라고 했는데, 고백하려고 그러는 거야."라고, "그러니까 나가지 마."라고 말하려고 했어. 근데 이걸 학교에서 말하면 민석이한테 들킬 것만 같았어. 그래서 제아네 집에 달려갔어. 그러다가 본 거야. 민석이가 제아네 우편함에 편지 꾸러미를 넣는 모습을. 아하. 진짜 그때 마음 아팠어. '민석이는 사물함에서 편지 꾸러미를 훔쳐 간 사람이 누군지 아직도 모르는구나. 포기를 모르는구나.' 하고. 그러자 내가 나쁜 사람처럼 느껴졌어.

우편함에 편지 꾸러미를 몰래 넣고 뛰어가는 민석이 뒷모습을 보면서 슬프고, 짜증 나고, 난감하고 별의별 감정을 겪고 있는데 제아네 아빠가 출근하시면서 우편물을 그대로 꺼내 가시는 거야! 회사 가서 보시려는지 그대로 그냥 가방에 넣으시더라고. 그때 든 생각! 제아네 아빠가 좀 엄하시잖아. '혹시 학생이 공부는 안 하고 연애할 생각만 한다고 민석이를 혼내지 않을까?' 그럼 차이고, 혼나고, 너무 안됐다 생각했어.

근데 더 문제는 편지 꾸러미를 아예 안 전해 주는 거야. 그럼 민석이는 고백에 실패하는 거잖아. 아는 게 힘이라고 누가 그랬잖아? 내가 생각하기엔 아는 게 족쇄야. 몰랐으면 좋았을 일을 알고 나니까 모른 척할 수가 없더라.

그래서 그날 민석이에게 내가 아는 모든 사실을 말하기 위해 수업이 끝날 때까지 기다렸어. 민석이가 먼저 집에 같이 가자고 해서 같이 갔고, 그래서 용기를 내서 말하려고 했는데, 민석이가 혼자 중얼중얼거리더니, 갑자기 어디론가 뛰어갔어. 그래서 말을 다 못했어.

제아 나 앵무새가 누군지 알 것 같아.

민석 저렇게 힌트를 많이 줬는데 모르면 등신 아니냐?

제아 등신이라니. 말을 왜 그렇게 해?

민석 그래, 다시 제대로 말할게. 모르면 천재야.

윤하 진짜 유치하다, 유치해.

제아 윤하 네가 그랬잖아. 앵무새가 고백하면 내가 좋아할 거라고. 내가 좋아할 사람은 딱 한 명이잖아. 용찬이 맞아?

민석 (화면을 끄고 나간다.)

윤하 (고개를 끄덕인다.) 근데 내가 이 사실을 밝히는 이유는…….

제아 당장 용찬이한테 전화해야지! 고마워, 윤하야. 정말, 정말, 고마워! (화면을 끄고 나간다.)

윤하 얘들아? 말을 다 듣고 나가야지, 그냥 나가면 어떡해! 아, 짜증 나네 진짜.

민석 (화면이 다시 켜진다.) 그럼 둘이 사귀는 거야?

윤하 나도 모르지! 그것까지 내가 어떻게 알아?

민석 결론이 뭐야? 결국은 둘이 서로 좋아하고 있었다는 거잖아.

너는 이런 얘길 왜 해 주는데?

윤하　그거야, 내가 너 좋아한다고 하니까 화나서 그랬지. 나도 원래 그냥 무덤까지 가지고 갈 생각이었어. 용찬이는 그 날 제아가 왕벚꽃나무로 안 나온 게, 자기를 싫어해서 그 런 거라고 생각하더라고. 둘이 사귀느니 아무도 안 사귀 는 게 좋을 것 같아서 진짜 입 꾹 다물고 있으려고 했는 데, 하필 내가 널 좋아한다고 해서.

민석　그게, 그렇게 억울해? 어?

윤하　너도 네가 나 좋아한다고 소문났다고 생각해 봐. 안 억울해?

민석　어? 조금 억울하긴 한데. (고개를 갸우뚱거리다가) 아니, 생 각해 보니 진짜 억울하네.

윤하　뭐 또 '진짜'까지야.

민석　내 눈이 낮다는 거잖아.

윤하　너 말 다 했어?

민석　그래 다 했다! 어쩔래?

윤하　너, 나와!

민석　뭐? 그럼 내가 무서워서 못 나갈 줄 알아? 그래, 나간다, 나가!

윤하　벚꽃 길 시작하는 입구 있지? 거기로 나와. 나 절대 못 참아.

민석　(화면에서 윤하가 사라진다. 민석이 갑자기 푸시업을 시작한다.) 너, 딱 기다려!

벚꽃 환장

"어머, 대낮에 길바닥에서 껴안고 난리도 아니네. 남사스럽게."

"우리 때랑 같아? 왜, 난 보기 좋기만 한데."

"어머, 아니다. 자세히 보니 남자애가 일방적으로 맞는 것 같은데."

"사랑싸움하나 보네. 저러다 정들지. 서로 꿀밤 때리고 등 때리다 입술 때리고."

"어머머, 애들한테 못 하는 소리가 없어."

"봐 봐, 보라니까. 내가 장담해. 내가 죽인다 죽인다 하다가 지금 이 모양 이 꼴로 살고 있잖아. 그때 죽였어야 했는데."

"현수 아빠가 어때서. 둘이 잘 만났지."

"무슨 소리야. 내가 아깝지."

"어머, 남자애 코피 나는 거 아니야? 저기 봐 봐. 벚꽃 위에 빨간색. 봐 봐, 저거 피야, 100프로 피야."

"어머, 쟤넨 진짜네. 저러다 진짜 죽겠다."

"아니, 갑자기 벚꽃 위에 주저앉아서 대성통곡을 하네? 이 좋은 날, 벚꽃이 가장 만개하는 날에 이게 무슨 일이냐고. 환장하겠네, 환장하겠어."

넌 내게 반했어

서화교

야구공을 찾아서

사막 한가운데에 있는 기분이다. 모래 언덕이 아니고 흙이라서 발이 푹푹 빠지진 않지만 이글거리는 태양이 머리로 내리꽂히는 것 같아 숨쉬기가 버겁다.

"이야, 경치 완전 끝장이다, 끝장!"

스마트폰으로 사진을 연신 찍어 대는 동윤이를 보며 걸음을 멈추고 앞을 제대로 봤다. 푸른 하늘에 구름이 그림처럼 떠 있고 바로 아래 산과 들, 나무로 어우러진 초록의 무대이다.

온몸이 녹아내릴 것 같은 날씨만 아니라면, 그늘 한 점 없는 흙길에 서 있지만 않다면 같이 맞장구를 쳤을지 모른다. 화장실에 다녀온다고 한 시간에 한 번 오는 버스를 놓친 것도, 거리가 멀지 않다며 그냥 걷자고 해서 불타는 날씨만큼 머리에 스팀이 팍팍 오르는 상황에 놓인 것도 정동윤 때문이다.

땀으로 뒤덮인 얼굴과 젖은 티셔츠에는 아랑곳하지 않고 동윤이는 쉴 새 없이 조잘거리며 나비처럼 나풀거렸다.

"덥긴 좀 덥다, 그치? 이럴 때 소나기라도 팍팍 내리면 좋을 텐데."

"야아, 넌 그걸 말이라고. 우산도 없잖아."

혼자 떠드는 동윤이 말이 돌아오지 않는 메아리 같아 선심 쓰듯 대꾸를 했다.

"비 좀 맞으면 어때? 소나기가 팍팍 내리고 우리는 우왕좌왕하며 뛰어가고. 마침 커다란 잎사귀를 발견해서 우산처럼 쓰는 거야…… 넌 어쩌면 그렇게 낭만이 없냐?"

못마땅하다는 듯이 쌩하게 고개를 돌리고 앞서서 걸어가는 동윤이를 보자 기가 막혔다.

"……하, 참!"

동윤이 뒤통수에 대고 지금 너랑 나랑 낭만을 찾을 때냐고 말할 힘도 없다. 야구공 하나, 그깟 공 하나 때문에 폭염 주의보가 뜬 무더운 날, 사람 한 명 안 보이는 흙길을 걷고 있다.

6월의 어떤 기적

"아함, 더는 못 참겠다. 나가자!"

한참 전부터 난리 치던 엉덩이를 떼기도 전에 소미가 내 손을 잡아당기더니 무릎에 내려놓은 손 팻말을 들어 보였다.

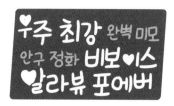

"울 오빠한테 민폐 끼치면 안 된단 말이야."

생글생글 웃으며 말하는 소미를 보자 일찍 탈출하기는 글렀다. 젠장이다, 젠장.

용돈의 70퍼센트를 비보이스 덕질에 쓰는 소미는 비보이스가 야구장에서 시구한다는 소식을 듣자마자 야구장에 갈 날만 기다렸다. 비보이스 팬이 아닌 내가 소미를 따라나선 까닭은 집에 있어봤자 다섯 살 어린 우주한테 시달리기만 할 게 뻔하기 때문이다.

문제는 비보이스가 시구를 한 뒤 야구장을 나갈 수 있을 거라는 예상이 빗나갔다는 거다. 시구가 끝났다고 해서 야구장을 우르르 빠져나가면 비보이스가 욕을 먹게 되기 때문에 진정한 팬이 아니라나 뭐라나. 1회 경기가 끝났을 때 소미를 따라 무심코 외야석으로 자리를 옮긴 게 발목을 잡고 말았다.

"그럼 언제 나갈 건데?"

"좀만 참아. 5회!"

"에엑!"

일어서려는 나를 소미가 붙잡았다.

"나도 개지겹거든. 여름아아아, 바다처럼 마음 넓은 네가 이해해야지."

소미가 입꼬리를 들어 올리며 웃더니 자외선 차단제를 꺼내 내 얼굴에 바르고 토닥토닥 두드렸다.

"이렇게 좋은 날, 야외에서 문화생활도 하고 얼마나 좋아. 우리가 갈 데라고는 학원이나 독서실밖에 더 있냐? 내가 망고 빙수까지 쏜다, 쏴."

계단 옆자리까지 양보하고 핫윙에 망고 빙수까지 산다는데 이왕 이렇게 된 거 안 풀리는 수학이나 공부할 요량으로 학원 시험지를 꺼냈다.

"하여간 너도 참. 쯧쯧."

혀를 차는 소미 얼굴을 정면으로 돌려놓고 나는 공부를 하고, 소미는 야구를 봤다.

"아아아아아악!"

소미가 벌떡 일어나 박수를 하고 난리가 났다. 고개를 드니 앞의 사람도 일어나 펄쩍펄쩍 뛰었다.

"울 오빠가 승요가 되어야 해. 절대 지면 안 돼!"

소미는 비보이스가 7등 팀인 돌핀스의 시구자라는 사실에 절망했지만, 꼭 이길 거라며 주문을 걸었다. 나 역시 소미가 응원하는 팀이 이기길 바랐다.

4회 공격인데 점수판은 1 대 4, 물론 지고 있다.

"아앗!"

소미 입에서 온갖 욕이 쉴 새 없이 쏟아졌지만, 신경 쓸 필요가 없었다. 앞뒤 할 것 없이 '개'와 '닭' 등 온갖 동물들이 줄줄이 소환되었으니까. 소미가 주섬주섬 다시 자리에 앉았는데 얼굴이 벌겋게 달아올라 있었다.

"아오, 열 받아! 번트 하나 못 쳐서 주자까지 죽이냐고? 오늘 지면 13번 넌 나의 역적이다, 역적."

한 손으로 부채질을 하며 탄산수를 입에 붓는 소미를 보자 13번이 불쌍해졌다. 오늘 돌핀스가 이기지 못하면 팬 카페에 역적 1번부터 10번까지 주르르 박제되어서 온갖 욕을 먹을지 모른다.

"올, 강소미 너 쫌 다르게 보인다. 야구 공부 열심히 했는데?"

비보이스 시구 소식 하나만으로 야구공의 크기와 무게, 붉은 실밥이 108개라는 것부터 조사를 시작한 소미는 이제 야구를 '아는' 청소년이 되었다.

"내가 말이야, 학습지는 과목마다 딱 하나만 읽지만 야구 책은 두 권이나 읽었다."

"너의 덕질은 진짜……."

자랑스럽게 말하는 소미를 향해 엄지를 들어 보였다.

소미는 응원봉을 들고 본격적으로 돌핀스를 응원했다. 콘서트는 빼놓지 않고 다닌 덕분에 집중할 때, 구호를 외칠 때, 먹을 때를 잘 구분했다.

나는 그라운드에 띄엄띄엄 있는 선수를 보다가 뭐가 뭔지 몰라서 다시 시험지로 눈을 돌렸다. 고등학교 수학이어서 그런지 몇 번을 풀이해도 이해가 안 갔다.

"아, 왜에?"

허벅지를 계속 때리는 소미를 보는데 가늘고 긴 소미 눈이 동그랗게 변해 정신없이 깜박였다. 이럴 때는 뭔가 큰일이 생겼다는 건데. 소미의 턱짓을 따라갔다.

"히입!"

내 입에서 이상한 외계어가 튀어나왔다.

모자를 푹 눌러쓴 어떤 사람이 나한테 공을 쥐여 주고 계단 위로 올라가 버렸다. 오 마이, 정말 오 마이 갓이다. 가슴이 벌렁거리고 짜르르, 하는 전기가 온몸을 돌아다녔다.

"대박, 대박, 대박, 이게 뭔 일이야아아아!"

소미가 호들갑을 떠는데도 현실감이 없다. 내 손에 있는 야구공만 아니라면 꿈이라고 생각할지 모른다. 심장 소리가 너무 크게 들려서 손바닥으로 심장 부근을 살짝 눌렀다. 단 한 번도 꽃이 피는 순간을 본 적이 없었는데 지금 내 안에서 수많은 꽃이 피고 있다. 새 한 마리가 내 곁에 날아와 속삭였다.

"한여름, 지금 네가 주인공이야. 그러니까 정신 줄 꽉 잡으라고!"

학원 건물로 들어서는 순간 친구들과 걸어오는 동윤이를 봤다. 볼 때마다 동윤이는 키가 크는 것 같다. 벽에 몸을 바짝 붙이고 얼굴을 푹 숙이다가 마음을 고쳐먹었다. 동윤이가 껄끄럽기는 하지만 피할 이유는 없으니까. 엘리베이터 근처에서 눈이 마주쳤다.

"안녕."

한 손을 들고 영혼 없는 인사를 건넸다.

"너 완전 스타 됐더라."

야구장에 갔던 토요일 이후 내 카톡은 쉴 새 없이 울렸다. 돌핀스 선수가 홈런을 쳤고, 홈런볼을 낚아챈 남자아이가 나에게 공을 주고, 어리바리하며 공을 들고 있는 내 얼굴이 스포츠 중계 방송에 나왔다. 3초도 안 되는 짧은 순간이지만 유치원 동창까지 연락이 올 정도로 파급 효과는 컸다. 담임은 "여름이 봐라, 야구장에서도 공부하던 거 봤지?"라는 말을 덧붙여 아이들의 기분을 상하게 했다.

"너 혹시 공 줬다고 헤벌레하면서 사귀고 그런 건, 아니지? 운명의 데스티니 어쩌고 하면서."

뭔가 못마땅한 표정과 삐딱한 말본새에 코웃음을 쳤다.

텔레비전에 나온 장면은 공을 주고받은 모습뿐이지만 그 뒤에 숨겨진 이야기가 있다. 탈출하려는 정신을 꼭 붙잡고 있을 때 아니나 다를까 공을 줬던 사람이 다시 왔다. 또래로 보이는 남자아이는 쑥스러운 듯이 웃으며 스마트폰을 내밀었고, 나는 기꺼이 스마트폰을 받아 들었다.

대학생이 되기 전까지 연애는 절대 사절이었지만 영화나 드라마에서나 볼 수 있는 강렬한 첫 만남에, 홈런볼을 준 사람이 키도 크고 훈남이라면 과연 거절할 사람이 있을까.

아주 오랜만에 엑스 보이프렌드, 구남친 동윤이의 눈을 똑바로 봤다.

"너 웃긴다. 내가 사귀든 말든 뭔 상관인데. 나 그 오빠랑 사귀어."

6학년 겨울 방학 때 13년 인생에서 가장 큰 일탈, 가출을 했다. 오래 공들인 그림 위에 우주가 낙서했고 내가 우주를 발로 찼고 우주가 우는, 뻔한 레퍼토리였다. 문제는 엄마였다. 공정하지 않은 엄마는 보관을 제대로 안 한 내 탓으로 몰았다.

언제부터인지 엄마는 대놓고 우주를 편애했다. 우주에 대한 사랑은 우주처럼 헤아릴 수 없지만 나에 대한 사랑은 이름처럼 사계절의 한 시기에 지나지 않았다.

겨울이지만 날씨가 따뜻해서 다행이라는 생각도 잠시 어떻게 살아야 하나, 어디로 가야 하나 머리가 복잡했다. 아파트 단지를 벗어난 뒤 고개를 푹 숙인 채 걷는데 누가 내 앞을 막았다. 누런 먼지가 잔뜩 낀 파란 운동화를 보고 옆으로 피했는데 또 내 앞을 막았다. 고개를 들어 보니 동윤이였다. 같은 아파트에 살고 초등학교에서는 같은 반만 세 번째, 친하지도 안 친하지도 않은 사이였다.

"비…… 켜."

뚱한 내 말에 동윤이는 눈을 가늘게 뜨더니 입술을 쭉 내밀었다.

"나랑 가자."

"야, 야!"

동윤이가 내 팔을 잡아당겼다. 동윤이가 이끄는 대로 못 이긴 척 따라간 곳이 코인 노래방이었다.

"응?"

동윤이가 손바닥을 펼쳐서 내밀었다.

"돈 달라고."

가방에 있던 지갑에서 오천 원을 꺼내자 동윤이가 동전으로 교환한 뒤 기계에 넣었다. 마이크 커버를 씌운 뒤 동윤이는 재빠르게 번호를 눌렀다. 환한 불이 꺼지고 천장의 미러볼에서 휘황찬란한 조명이 나왔다.

동윤이는 엄청난 음치였다. 학교에서 노래를 부를 때에는 장난으로 그러는 줄 알았는데 음정과 박자가 따로 놀았다. 노래를 부르던 동윤이는 파카까지 벗어 던지고 춤이라기보다 율동에 가깝게 엉덩이를 실룩거리고 방방 뛰었다. 동윤이가 쉴 새 없이 노래를 부르는 동안 나는 질질 눈물을 흘리거나 소리를 내며 울거나 잠시 쉬거나를 반복했다. 중간에 밖으로 나간 동윤이는 음료수와 간식, 휴지를 사서 테이블 위에 놓은 뒤 또 열심히 노래를 불렀다.

"다 울었냐?"

울음이 말라 비틀어지고 더는 울음이 안 나올 때 목이 잔뜩 쉰 동윤이가 나를 보며 물었다. 부끄러워서 고개를 주억거렸다.

"나 배고파 죽겠다. 맛있는 거 사 주라."

가방을 챙겨 들고 밖으로 나오자 동윤이가 못마땅한 듯 인상을 쓰더니 화장실을 가리켰다. 화장실에서 내 얼굴을 보자 속 비명이 나왔다.

얼굴이 퉁퉁 부었는데 특히 눈두덩이가 불룩하게 튀어나와서 외계인처럼 기괴했다. 세수한 뒤 한 손으로 얼굴을 가리고 고개를 숙였다.

"야, 써."

동윤이가 모자를 벗어 나한테 씌어 줬다. 예전 같았으면 진저리를 치면서 벗어 던졌겠지만 그럴 상황이 아니었다. 키도 외모도 성적도 평범하고 고만고만해서 별로라고 생각했던 동윤이가 괜찮아 보였다.

"동윤아!"

나보다 한 걸음 앞서가던 동윤이가 고개를 돌렸다.

"나랑 사귈래?"

당연히 "오케이!" 할 거라 생각한 동윤이가 머뭇거리자 정신이 번쩍 들었다. "너 어디 아프냐?" 같은 소리를 듣기 전에 농담이라고 말할까 고민하는데 동윤이가 싱긋 웃었다.

"그래, 좋아!"

1년 6개월 전 기억이 생생하게 떠올랐다. 그때 나는 동윤이가 아니라 누구라도 제발 날 좀 좋아해 달라고 할 만큼 외로웠다. 할 수만 있다면 동윤이 머릿속에서 나와 있었던 일들은 몽땅 지워 버리고 싶다.

"한여름, 너 그냥 한 소리지?"

"아닌데. 나 준희 오빠랑 5일이야!"

내 말을 믿지 않는 동윤이한테 확실하게 직구를 던졌다. 눈과 입이 동시에 벌어진 동윤이는 타석에서 배트 한 번 휘두르지 못했다. 스트라이크!

스포츠 뉴스에 내가 나오자 다른 지역에서 파견 근무를 하던 아빠는 회사 사람들한테 자랑했고, 우주는 호시탐탐 야구공을 노렸지만 어림도 없었다.

엄마는 "걱정시킬 일은 안 할 거라고 믿는다."라고 했다. "진짜 믿어? 뭘 믿는데?"라며 어깃장을 놓고 싶었지만 입 밖으로 꺼내지 않았다. 양손을 마주 모으고 "너무 낭만적이야."라고 한 소미네 엄마 반응까지는 바라지 않지만 대수롭지 않게 여기는 엄마 반응이 실망스러웠다.

"어머 어머, 쟤 누구야? 너한테 반했나 보다. 정말 보는 눈이 있다. 그치?"와 같은 말은 우주한테 해당하지 않을까.

"입술, 입술!"

소미 말에 풀어지던 입술을 동그랗게 말았다. 소미는 자신의 메이크업 실력을 나에게 쏟고 있다.

"첫 데이트는 무조건 꾸안꾸지. 풀메는 너무 부담스럽거든."

데이트 상대는 홈런볼을 준 준희 오빠다. 소미가 시키는 대로 눈도 게슴츠레 뜨고, 볼에 바람도 넣고 입술도 오리 부리처럼 내밀기를 반복했다. 눈을 뜨자 밋밋하지 않은, 입체적인 얼굴이 나타났는데 내 얼굴 같지 않아서 마음에 들었다. 옷은 소미가 조언하는 대로 흰색 셔츠에 청바지를 입었다.

"아쉽당."

소미가 앞머리에 말아 둔 헤어 롤러를 빼고 볼륨을 정리했다.

"머리만 좀 길었으면 완벽했을 텐데."

머리를 감고 말리기 귀찮다는 이유로 내 머리는 어깨 밑으로 내려온 적이 별로 없었다. 길고 찰랑한 머리칼이 부러웠던 적도 있지만 더는 아니다.

> 한여름이니까. 단발머리여서 더 좋았어. 긴 머리 미역 줄기 같아. 웩!

나한테 공을 왜 줬냐는 말에 오빠는 간질거리는 톡을 보내왔고 그날 나는 붕 떠서 잠을 제대로 못 잤다.

"오, 뭐야? 준희 오빠 생각만 해도 웃음이 나오고 그런 거야?"

소미 말을 부정하지 않고 실실 웃었다.

과외랑 학원 때문에 준희 오빠 톡이 끊길 때도 있지만 우리는 톡을 주고받으며 많이 친해졌다.

"밥 먹고 꼭 화장실 가서 이도 보고 입술은 다시 칠해. 중3이 되면 고등학교 준비도 해야 하고, 어쩌면 지금이 연애를 할 수 있는 마지막 찬스야. 첫 데이트 잘해.”

“준희 오빠는 중3인데?”

“음…… 거기는 특목고 가기 전에 청춘을 불사르는 거고. 참, 한 번씩 머리칼 귀 뒤로 넘기는 거 잊지 말고.”

비보이스만을 사랑하는 소미의 열렬한 응원을 받으며 버스 정류장으로 걸어갔다. 지하철을 타면 더 빨리 갈 수 있지만 환승을 해야 하고 객실에 사람이 많으면 예쁘게 단장한 머리칼이 흐트러질 수 있다.

시원한 버스 좌석에 앉아서 가는데 가슴이 빠르게 뛰고 준희 오빠를 빨리 보고 싶었다.

동윤이와는 작년 4월에 깨졌다. 그때 난 화가 나 있었다. 중학생이 되면 좀 달라져야 하는데 동윤이는 자라던 키가 딱 멈춘 것처럼 초등학생일 때와 차이가 안 났다. 편하고 만만하다고 생각했던 장점들이 하나둘 눈에 거슬렸다. 제멋대로 삐친 머리칼도, 곰돌이가 그려진 셔츠를 입는 것도, 장난스러운 말과 행동도, 학원 기초 시험에서 C등급을 받은 것도. 친구들의 남자 친구를 볼 때마다 동윤이와 비교가 됐다.

중간고사를 앞두고 도서관에 같이 갔을 때였다. 공부할 책도 제대로 안 갖고 온 동윤이한테 학원에서 친 시험지와 오답 노트를 줬다. 동윤이는 보는 둥 마는 둥 하더니 스마트폰을 꺼내 들었다.

속이 막힌 것처럼 답답했지만 꾹꾹 참았다. 내가 공부하는 한 시간 내내 스마트폰만 보는 동윤이를 휴게실로 불러냈다.

"뭐 할 거야?"

"너 공부 끝나면 베이컨 피자……."

"아니, 그거 말고. 어른 돼서?"

내 말에 동윤이는 김이 샌 표정을 지으며 스마트폰으로 눈길을 돌렸다.

"그걸 어떻게 아냐? 그냥 그때 가서 하지 뭐."

고민이라고는 하나도 없어 보이는 동윤이가 철없는 아이처럼 한심했다.

"동윤아, 그러지 말고 지금."

동윤이 정신은 스마트폰 속 게임에 들어가 내 말을 듣지 않았다. 중학교 입학하고 처음 치는 시험은 중요하다. 처음부터 앞자리, 최소한 앞과 가까운 자리에 서야 한다.

"내 말 좀 들어 봐."

"야아!"

동윤이가 소리를 빽 질렀다.

동윤이를 툭 쳤는데, 스마트폰이 떨어진 것이다. 동윤이 얼굴이 시뻘겋게 변했다. 스마트폰을 주운 동윤이는 그대로 돌아서서 열람실로 들어갔다. 당황해서 어쩔 줄 모르는데 동윤이가 가방을 챙겨 밖으로 나왔다.

"너 가려고? 지금?"

얼굴을 꼿꼿이 세우고 동윤이 앞을 가로막자 동윤이가 머리칼을 신경질적으로 흔들었다.

"한여름, 그만해."

"뭐어?"

"그만하자고."

"어?"

엄친아도 아니고 잘나가지도 않는, 별 볼 일 없는 동윤이가 범생이라는 별명이 있기는 하지만 공부도 잘하고 똑똑한 나를 찬다는 생각에 분노가 치솟고 배신감이 들었다.

"너 이러는 거 짜증 나. 내가 공부를 하든 말든 그건 내가 알아서 해야지, 네가 울 엄마도 아닌데 왜 내 성적을 신경 써? 요즘 톡에다 계속 공부하는 법이나 내가 무슨 공부했는지 체크하잖아. 네 노트 탐내는 사람 많으니까 다른 사람 빌려줘. 나는 너한테 노트 받기 싫다고."

언제나 얼굴 가득 웃음을 머금고 있던 동윤이의 화난 얼굴과 쏟아지는 말 앞에서 "네가 어떻게 나를……." 같은 말은 날아가 버렸다. 나는 동윤이가 선생님이나 아이들한테 괜찮은 아이로 보이길 바랐다. 가장 간단한 방법은 성적을 올리는 거였는데 동윤이가 이렇게 화낼 일인지 몰랐다. 어이가 없었다.

"야! 나도 됐어. 솔직히 너 별로였어."

"그럼 둘 다 잘됐네."

동윤이가 사라진 뒤에도 동윤이가 나를 찼다는 게 믿기지 않고 얼떨떨했다. 얼마 뒤 동윤이 머리카락이 눈에 띄게 짧아졌다. 혹시 나랑 헤어진 것을 후회하는 것은 아닐까, 잘못했다고 빌어도 절대 받아 주지 않겠다고 별렀지만 어떤 연락도 없었다.

이사를 하고 전학을 가지 않는 한 동윤이와는 계속 마주칠 수밖에 없고, 동윤이를 보면 차인 기억이 나면서 껄끄럽다.

이제 더는 신경을 안 써도 된다. 내게 새로운 남자 친구가 생겼다. 특목고를 준비하고 야구 관람이 취미인, 대선중학교 3학년인 준희 오빠는 동윤이보다 키도 크고 외모도 봐 줄 만하고, 특히 공부는 비교가 안 된다. 어깨가 으쓱 올라갔다.

"한여름, 이번 연애는 제대로 해 보자. 파이팅!"

열다섯 살이 뭐 이래?

　준희 오빠는 특목고, 미국 아이비리그 명문대 컴퓨터공학과를 가서 인공 지능 연구를 하겠다는 목표를 갖고 있다.

　처음 카페에서 만난 날, 책을 펼친 채 공부하고 있는 오빠의 모습을 한눈에 스캔했다. 단정한 머리와 깔끔한 얼굴에 은테 안경을 낀 오빠는 네이비블루 칼라 셔츠와 흰색 반바지를 입고 있었는데 웹 드라마에 나오는 주인공과 겹쳐 보였다.

　물론 데이트를 하면서 오빠한테 실망스러운 점도 있긴 했다. 회를 싫어했고 입이 짧았다. 내가 좋아하는 초밥은 먹을 수도 없고, 같이 음식을 먹을 때면 오빠 눈치를 보면서 숟가락을 놓아야 했다. 오빠와 데이트가 있을 때면 미리 배를 채워야 했지만 충분히 감내할 수 있었다.

　우리는 만나서 같이 공부를 하며 데이트를 했고, 어쩌다 보니 우리가 주로 만나는 곳은 스터디 카페가 됐다.

방학을 하자 스터디 카페가 아니라 SNS에 나오는 예쁜 카페에서 만나고 싶고, 놀이공원이나 영화관, 쇼핑센터, 코인 노래방 등에 갈 계획을 세웠다. 좀 색다른 여름 방학이 될 거라는 기대와 다르게 준희 오빠는 학원 숙제 때문에 너무 바빴다.

"오빠는 공부하는 게 안 지겨워?"

"너 뭐 될 건데?"

안경을 벗고 눈언저리를 꾹꾹 누르자 오빠 왼쪽 눈에 쌍꺼풀이 생겼는데 귀여웠다.

"수의사."

준희 오빠가 눈썹을 추켜세우며 고개를 갸웃했다.

"왜 수의사를 하고 싶어?"

"강아지 좋아해. 고양이도 햄스터도 좋고, 여우도 판다도 귀여워."

"큭!"

오빠가 웃었는데 웃음의 의미를 몰라서 쳐다봤다.

"내가 뭘 좋아하는지 알아?"

당연히 뭘 좋아하는지 알고 있다. 고개를 끄덕였다.

"야구, 농구, 게임. 하지만 좋아하는 것을 직업으로 하는 건 아니야. 그냥 의사가 되고 동물을 좋아하면 되잖아. 실력이 안 되면 어쩔 수 없고."

속에서 열이 나서 에어컨 때문에 걸쳤던 카디건을 벗었다.

"에이, 그건 아니다. 동물을 좋아하니까 수의사를 하고 싶은 건데. 오빠는 특히 야구를 좋아하니까 야구랑 관련된 일을 하면 되잖아. 스포츠 심판, 아나운서나 에이전트, 스카우터 그런 거."

"야구는 야구 선수가 주인공이야. 선수가 스포트라이트를 받는다고. 프로 구단에 오는 선수들은 재능도 있고 노력도 하지만 그중에도 못 하는 선수들이 많아. 난 주인공을 보조하는 직업은 갖고 싶지 않아. 내가 주인공이 되어야지."

요점 정리를 하는 선생님처럼 술술 얘기하는 오빠는 한 살 차이가 아니라 대학생, 아니 열 살 이상 차이가 나는 것 같았다.

"내가 스포츠 에이전트가 되고 싶다고 했더니 엄마가 말했어. 지금 내가 말한 것처럼."

오빠는 벗어 둔 안경을 다시 쓰고 책을 봤다. 인공 지능 개발자가 되겠다는 목표는 엄마가 학원의 컨설턴트와 회의를 해서 정해 준 게 아닐까.

"중요한 것은 오빠 마음 아냐?"

"내가 되고 싶은 게 뭔 문제야. 엄마가 그러면 안 된다는데. 우선은 엄마가 하라는 대로 하는 게 편해. 너도 잘 알잖아."

물론 잘 안다. 엄마와 의견이 안 맞았을 때 내가 이기기는 힘드니까. 하지만 그렇다고 해서 원하지 않는 꿈이나 목표를 가질 생각은 없다. 다행히 엄마는 수의사가 되고 싶다고 했을 때 응원했다.

경주마가 달릴 때에는 앞만 보고 달리게 차안대를 씌운다. 지금 오빠한테 보이지 않는 차안대가 있는 것 같아 안쓰럽기도 하고, 남들은 모르는 오빠의 숨겨진 모습을 하나 더 안 것 같아 친근하게 느껴졌다.

그때 세련된 옷차림의 언니가 준희 오빠한테 아는 척을 했다. 준희 오빠가 눈에 띄게 당황해했다.

"너 여기서 공부해?"

"예."

안 보는 척하면서 나를 보는 언니의 시선이 느껴져 허리를 곧추세우고 공부하는 척했다.

"엄마는 잘 지내셔?"

"예."

언니 질문에 계속 "예."라는 말만 하던 준희 오빠는 언니가 가자 거칠게 머리를 쓸어 올렸다. 누구냐고 묻고 싶었지만 준희 오빠가 다시 책을 펼치는 바람에 말할 기회를 놓쳤다. 얼마 지나지 않아 스마트폰을 확인하던 준희 오빠가 한숨을 크게 내쉬었다. 톡이 온 것 같았다. 계속 톡을 주고받던 준희 오빠가 인상을 찌푸렸다.

"아이씨이!"

처음 듣는 준희 오빠 말에 깜짝 놀랐다. 주변에 있던 사람들이 뾰족하게 쳐다봤지만 준희 오빠는 신경도 쓰지 않고 책을 가방에 집어넣더니 일어났다.

"나 먼저 갈게."

"어?"

오늘은 공부를 일찍 끝내고 놀이공원에 가기로 했었다. 준희 오빠가 계속 미뤄서 오늘로 정했는데. 놀이공원에서 하는 물 폭탄 축제는 오늘까지였다.

게다가 오늘은 내 생일이었다. 아침에 일어나서 거실로 나가자 고소한 냄새가 났다. 생일상을 준비한다고 생각했는데 엄마는 주방에서 도시락을 싸고 있었다.

"누나, 김밥 봐. 왕 크지?"

웬일인지 옷까지 차려입은 우주가 썰어 둔 김밥과 달걀국을 먹고 있었다.

"으응. 오늘 어디 가?"

"우주랑 문학관 갔다 올 거야. 너 방학했다고 너무 늘어진 것 아냐?"

미역국도, 생일 선물도 없는 열다섯 살 생일 아침이었다. 지방에 있는 아빠 역시 내 생일을 잊었다.

"8월 3일에 태어나서 이름이 여름이구나. 성까지 '한'이어서 딱 맞네."

준희 오빠의 말을 기억하며 특별한 생일 선물을 준비하지 않았을까 기대했었다. 텅 빈 앞자리를 쳐다보다가 준희 오빠한테 톡을 보냈지만 답톡도 없고 전화를 해도 받지 않았다. 놀이공원 풋값이 비싸서 한 달 용돈을 고스란히 털어서 산 거였다.

급하게 소미한테 톡을 보냈다.

> **놀이공원 가자.**

톡을 보내자마자 전화가 와서 밖으로 나왔다.

"뭐야? 설마, 쫑 났어?"

"아니, 그게 아니라…… 어떤 언니가 오빠한테 알은척했는데 오빠가 당황해하더라고. 그다음에 계속 톡이 오는데 오빠가 짜증 내면서 가 버렸어."

"그 여자 예뻐? 몇 살인데? 분위기는? 준희 오빠한테 뭐랬는데?"

소미 입에 발동이 걸렸다.

"대학생 정도? 되게 친한 척하면서 여기서 공부하냐……."

"바람은 아니고, 그 언닌가 뭔가가 준희 오빠 엄마한테 이른 거지. 톡은 백 프로 엄마 호출이고."

내가 예상한 거랑 소미가 같은 말을 했다.

"놀이공원 가자."

"하아, 너 오늘 데이트한다고 해서 수학 과외 그대로 해. 곧 선생님 오셔. 물 폭탄 축제 개재밌을 거 같은데."

"알았어. 다른 애들한테 연락해 볼게."

"너 혼자라도 꼭 가. 준희 오빠, 아니 오빠는 뭔 오빠야. 올 여름이 오늘 열다섯 살 생일인데 씨이. 참, 내가 생일 선물로 자수 가방 샀거든. 저번에 쇼핑 갔을 때 네가 마음에 들어 하는 것 같아서. 근데 짱 난다, 진짜! 놀이공원 가기로 했으면 엄마한테 혼날 때 혼나더라도 약속은 지켜야지. 여름아, 마마보이 준희 자식은 뻥 차! 나쁜 놈!"

소미한테 준희 오빠는 '준희'에서 '자식', '놈'으로 수직 하강했다.

준희 오빠와 함께하는 내 생일을 위해 준비한 표였다. 준희 오빠가 없다고 해서 비싼 돈을 주고 산 표를 버릴 생각은 전혀 없다. 한 장은 내가 쓰고 다른 한 장은 팔까, 한 장이라도 사는 사람이 있을까 생각하면서 지하철역으로 갔다. 준희 오빠와는 그동안 일곱 번을 만났고 3일 뒤가 오오 데이다. 사사 데이에 작은 향수를 예쁘게 포장해서 선물했지만 난 어떤 선물도 받지 못했다. 서운한 생각이 들면서 준희 오빠를 만나면서 얼마를 썼는지 계산하다가 화들짝 놀랐다. 쪼잔하고 치사한 계산을 머릿속에서 몰아내기 위해 머리를 톡톡 쳤다. 오오 데이에 어쩌면 예쁜 커플링을 선물하지 않을까.

"야, 한여름!"

뒤에서 누군가 나를 불렀다. 동윤이였다. 엉덩이까지 내려오는

푸른 셔츠에 청바지, 흰색 야구 모자를 쓴 동윤이가 헐레벌떡 뛰어왔다.

"헉, 허윽."

동윤이는 숨이 찬지 한참 동안 숨을 내쉬었다.

"같이, 가자."

무슨 얘기인지 몰라 동윤이를 보는데 톡이 왔다.

> 혼자 못 갈 것 같아서 동윤이 보냈어. 부근에 동윤이가 있더라고. 그냥 열심히 놀아. 생축!

수많은 사람 중에 하필이면 구남친인지, 소미의 배려를 고마워해야 할지 모르겠다.

"난 그냥 물 폭탄 축제 보고 싶어서. 참, 너 오해하지 마라."

어이가 없다. 누가 뭘 오해를 한다고. 너나 저얼대 기대하지 마라.

놀이공원은 방학을 맞은 아이들로 넘쳐 났다. 인기 있는 놀이 기구는 제대로 타지도 못하고 천장 위를 빙빙 돌거나 천천히 달리는 기차를 탔지만 재미있었다. 발걸음을 옮기던 우리는 신나는 노랫소리가 들리는 곳으로 걸음을 옮겼다. 야외무대에 사람들이 몰려 있었는데 동윤이가 사람들을 헤치고 무대 쪽으로 다가갔다.

"앞에 있으면 물 폭탄 맞아."

"그것 때문에 온 건데."

"너 갈아입을 옷도 없잖아."

"그럼 지금 아예 벗을까?"

우비를 입은 사람들을 보고 아차 싶었지만 사람들을 헤치고 우비를 사기에는 늦었다.

강렬한 일렉트릭 기타 음과 가슴을 뛰게 만드는 드럼 소리에 맞춰 사람들은 소리를 지르고 춤을 추고 노래를 따라 불렀다.

"야오, 여기 죽인다아!"

동윤이는 발에 스프링이 달린 것처럼 껑충껑충 뛰었다. 그 열기가 나한테도 전염되어 나도 제자리에서 펄쩍펄쩍 뛰었다.

한참을 뛰는데 여기저기서 물 폭탄이 날아왔다. 쉴 새 없이 물줄기를 뱉어 내는 녹색 호스는 살아 있는 생명체처럼 꿈틀거렸다. 무의식적으로 도망 다니던 나는 양손을 뻗은 채 몸을 내맡기는 동윤이를 보고 즐기기로 했다. 음악이 흐르는 동안 우리는 고래고래 소리를 지르며 뛰어다녔고 물 폭탄이 오면 물 폭탄을 고스란히 맞으면서 또 뛰었다. 지치면 잠시 쉬었다 또 뛰기를 반복했다.

음악이 멎고 정신없이 뛰던 가슴이 제자리를 찾으면서 열기가 가시자 온몸에 소름이 돋고 한기가 들었다. 재채기가 정신없이 나왔다. 동윤이도 입술이 새파랗게 변했다.

물품 보관소에서 가방을 찾은 나는 가방에서 수건 하나를 동윤이한테 건넸다.

"에취! 너, 너는 어쩌고?"

"걱정하지 마. 혹시나 해서 하나 더 갖고 왔어."

나는 탈의실에 가서 물에 젖은 옷을 벗고 갈아입었다. 팬티랑 양말까지 싹 갈아입자 기분이 개운해졌다.

밖으로 나오자 이마를 가리던 머리칼을 뒤로 넘긴 동윤이가 보였는데 윗옷이 바뀌었다.

"너 옷 있었어?"

"한정판 기념 셔츠."

보라색 티셔츠 중앙에 영어로 '섬머 페스티벌(summer festival)'이라고 적혀 있었는데 동윤이한테 잘 어울렸다.

"이왕 만들 거 바지랑 속옷도 만들지. 윽, 축축해."

동윤이가 부러 어기적거리며 걷는 동작을 흉내 냈다.

"또 와야지. 그때는 새벽부터 와서 놀 거야."

"그래, 꼭 그래라."

동윤이 별명은 '노는 애'였다. 아이들을 괴롭히는 그런 의미에서의 '노는 애'가 아니라 축구나 농구, 피구, 게임 등등 공부 외에는 잘하든 못하든 끝까지 빠지지 않고 열심히 놀아서 생긴 별명이다. 예나 지금이나 노는 데에는 진심인 동윤이가 어처구니없게도 귀여웠다.

갑자기 대화가 끊기고 우리는 소개팅을 하는 사람처럼 데면데면 굴었다. 그대로 헤어져서 따로따로 집에 가는 게 맞지만, 배에서 폭동이 일어났다. 동윤이도 마찬가지였는지 가까운 음식점으로 들어갔다.

동윤이가 더 비싼 걸 시켜도 된다고 했지만 파네 스파게티를 주문했다. 동윤이는 치즈 돈가스를 시켰고 사이다도 시켰다. 주문하고 나서 아차 싶었다. 동윤이와 데이트할 때 즐겨 먹던 음식을 각자 주문한 거다. 서로 눈길을 피하며 먼 산을 보던 우리는 음식이 나오자마자 먹는 데 집중했다.

"후유, 이제 살겠다. 오늘 정말 재미있었어."

"동감."

동윤이 말에 흔쾌히 맞장구쳤다. 이 기분이라면 열다섯 살 생일도 즐겁게 기억할 것 같았다.

아파트 단지 안까지 같이 가는 게 어색해서 근처 편의점 앞에서 헤어졌다. 헤어지기 전 동윤이는 들고 있던 종이 가방에서 비닐에 싸인 티셔츠를 내밀었다.

"내 거 사면서 샀어. 오늘 푯값은 안 줘도 되지?"

음식이랑 티셔츠까지 더하면 표를 사고도 남았다. 역시 동윤이는 수학에 소질이 없다.

집에 와서 스마트폰을 확인하자 준희 오빠한테 온 톡이 쌓여 있었다.

> 오늘 미안.
> 많이 화났지? ㅜㅜ
> 화 풀어.
> 왜 톡을 안 읽어?

  스누피가 사과를 안고 눈물을 흘리는 이모티콘을 보자 절로 웃음이 나왔다. 답톡을 하고 싶어 손이 간질거렸지만 꾹 참았다. 오늘까지만 참고 내일 오전에 톡을 보낼 생각이었다.
  욕실에 들어가서 씻고 나온 뒤 톡을 보자 '끝날 때까지 끝난 게 아니다'라는 야구 명언이 떠올랐다.

> 헤어지자.
> 우리는 많이 다른 것 같아.

  "허 참, 몇 시간 기다렸다고 이러기야?"
  스마트폰을 노려보다가 손가락으로 자판을 눌렀다.

> 진심이야?

> ○○ 톡을 안 읽을 수는 있지만 왜 읽씹이냐?

> 너도 읽씹한 적 있잖아. 시험 공부한다고.

손가락이 액셀러레이터가 되는 것처럼 속도를 높였다.

너?

깜짝 놀란 준희 오빠 얼굴이 눈앞에 둥둥 떴지만 얼른 치워 버렸다.

꼴랑 몇 시간 기다렸다고 삐쳐서 헤어지자고? 쪼잔해서 정말. 내가 오늘 계속 전화하고 톡할 때는 연락도 안 했잖아. 오늘 폿 값이 얼만지 알아? 육만 원 넘게 날렸다고.

동윤이와 재미있게 놀았지만 화가 나서 거짓말을 했다. 기회를 놓친 건 준희 오빠니까 손톱만큼도 안 찔렸다.

오늘은 어쩔 수 없었다고. 아, 짜증 나. 준다 줘. 삼만 원.

당연한 걸 왜 선심 쓰듯이 해. 웃겨!

내가 왜 야구공 준 줄 알아? 학원 제치고 야구장 갔는데 홈런 볼 잡은 모습이 텔레비전에 나오면 골치 아프잖아.

"헐!"

공 받으러 갔더니, 촌스럽게 팻말 든 애가 너 바로 옆에서 시끄럽게 굴잖아. 그래서 공 달라는 소리를 못 한 거야. 어쨌든 내 야구공 돌려줘.

만나는 동안 절친인 소미 이야기를 여러 번 했었다. 그런 소미이름조차 제대로 기억 못 하고 상상도 못 한 얘기를 하자 이성이 날아갔다.

마마보이 주제에! 야 이 나쁜ㅌㅌㅌ

정신없이 온갖 욕을 쓴 뒤 보내려는 순간, 정신이 번쩍 들었다. 나 지금 뭐 한 거지?

일요일 스터디 카페에서 보자.

"끝까지 스터디 카페? 웃겨 정말!"
더는 톡이 오지 않았다. 준희 오빠와 주고받은 톡을 몇 번이나 다시 봤다. '헤어지자'라는 톡에 흥분해서 보낸 톡을 보자 얼굴이 화끈거렸다. 쿨하게 했으면 좋았을 텐데. 아니, 처음 톡을 읽었을 때 답톡을 보낼 걸 그랬다. 오오 데이를 앞둔 생일날, 준희 오빠한테 차였다. 머릿속이 복잡하게 얽히고 무거웠다.

우주를 흔들어 깨웠지만 눈을 제대로 뜨지 못했다. 서랍장 제일 아랫칸에 둔 야구공이 사라졌다. 중학생이 되면서 엄마와 아빠는 내가 없는 방에 들어오거나 내 물건을 허락 없이 만지지 않았다. 범인은 우주뿐이다.

"너 내 야구공 어쨌어? 야구공! 엉?"

고개를 푹 숙이고 미적거리며 일어나는 폼이 딱 잘못을 했을 때 행동이다.

"솔직하게 말해. 어딨어?"

"없어."

열이 확 올라왔지만 간신히 참았다. 우주 팔을 잡고 눈을 맞추자 우주가 몸을 움찔거렸다.

"어딨냐고?"

우주가 입을 삐쭉거리더니 느슨해진 내 손을 뿌리치고 밖으로 도망쳤다.

"한우주, 너 이리 와. 가만 안 둬."

거실로 나가자 아니나 다를까 우주가 엄마 뒤에 숨었다.

"나이가 몇인데 동생이랑 아옹다옹이야?"

"우주가 또, 내 물건 가지고 갔단 말이야. 내 거."

'또'와 '내 거'라는 말에 방점을 찍는 것처럼 더 크게 말했다.

엄마가 몸을 돌려 우주 손을 단단하게 잡았다.

"누나 말 진짜야? 거짓말하면 엄마 안 봐줄 거야."

눈을 이리저리 데굴거리던 우주는 입을 천천히 열었다.

"응."

"뭘 갖고 간 거야?"

"공, 야구공!"

급한 마음에 내가 얼른 대답하자 엄마가 못마땅하다는 듯이 한숨을 길게 내쉬었다.

"야구공? 너는 그깟 공 때문에 자는 애를 닦달해서 깨운 거야?"

숨이 턱 막혔다. 그 공은 짧긴 하지만 나를 주인공으로 만들어 준 공이었다. 비약이 심할지 몰라도 '그깟 공'이라는 엄마 말이 '그깟 한여름'처럼 들렸다.

"한우주, 얼른 누나한테 공 갖다줘. 엄마가 공 사 줄게."

엄마 말에도 우주는 눈치만 볼 뿐 대답하지 않았다.

"뭐 해? 빨리."

"친구 줬어."

엄마 목소리가 높아지자 우주가 냉큼 대답했다.

"하, 기막혀."

혼잣말이 무심코 나왔다. 엄마가 뾰족한 눈초리로 째려봤지만 하나도 안 무섭다. 지금은 준희 오빠, 아니 준희한테 차인 게 짜증 나고 신경질 나고 그렇다. 공을 건네줘야 깔끔하게 마무리될 수 있는데 그 마무리를 우주가 망치고 있다.

우주가 같은 반 친구인 희라한테 줬다고 하자 엄마가 희라 엄마한테 전화를 걸어 통화했다.

"우주 너, 누나랑 희라네 집에 갔다 와. 여름이 너는 공 찾은 다음에 얘기하자."

희라네 집은 같은 아파트 단지에 있었다. 403동 입구 앞에서 우주를 들여보낸 뒤 맞은편 놀이터 의자에 앉았다.

얼마 지나지 않아 우주가 나왔다. 그 옆에 갈래머리의 귀엽게 생긴 여자애가 희라 같았다. 희라 오빠로 보이는 남자애도 같이 나왔다.

"저기, 누나."

나한테 다가온 희라 오빠가 눈치를 살피며 말을 꺼냈다.

"공 있잖아요. 제가 토끼마켓에 팔았는데요."

"아하하하."

정말 어이가 없어서인지 화 대신 웃음이 나왔다. 희라 오빠는 내가 듣든 말든 주절거렸다. 자신이 다니는 태권도장 선생님의 도움을 받아서 야구공을 팔았단다.

"누나, 희준이 형이 공 판 돈 준댔어."

"좀 가만. 넌 가만 있어!"

소리를 꽥 지르자 희라 눈이 그렁그렁해졌다.

"강현 선수 홈런볼이라고 해서 희라 몰래……. 잘못했어요."

이 꼬맹이들을 데리고 얘기해 봤자 소용이 없다는 것을 깨달은 나는 누구한테 팔았는지 물었다.

피터팬이라는 닉네임을 사용하는 아저씨였다. 태권도 선생님 이랑 같이 가서 직거래했고, 초등학생인 걸 알고는 오천 원을 더 줬다고 했다.

"우리 엄마 알면 저 죽어요."

이제는 희준이까지 울상이다.

"내가 죽고 싶다."라고 외치고 싶었지만 꾹 참았다. 금방이라 도 눈물이 쏟아질 것 같은 희라와 희준이를 보니 더 다그치고 싶 은 생각도 사라졌다.

"그냥 공 받았다고 할 테니까 너희들도 그렇게 말해."

"진짜요?"

"진짜죠?"

언제 울상이었냐는 듯이 아이들 얼굴이 환하게 펴지자 나도 설핏 웃었다. 우주가 희라 손을 꼭 잡고 있었다.

희준이가 깜박했다는 듯이 호주머니에서 돈을 꺼내 내밀었다. 만 원짜리 한 장과 오천 원짜리 두 장.

"만오천 원만 받을게. 오천 원은 네가 초등학생이라서 아저씨 가 주신 거니까. 그리고 희준이 너, 동생 물건은 동생 물건이야. 허락받고 쓰든지 해야 해. 다음에도 이러면……."

"정말 잘못했어요. 다신 안 그럴게요."

말을 끝내기도 전에 희준이가 양손을 내저었다. 넉살이 좋은 초등학생이었다.

"우주야, 가자. 빨리 와."

희라 손을 잡고 있던 우주가 후다닥 달려와 내 옆에 섰다.

"희라랑 언제부터 사귀었어?"

"122일이야."

누나는 100일은커녕 오오 데이도 못하는데 우주가 100일을 넘었다니 대견해 보였다.

"희라한테 잘 보이려고 야구공 갖다준 거야?"

"홈런볼 자랑하려고 갖고 갔는데 희라가 정말 좋아해서. 아얏!"

딱밤을 놓았는데도 잘못한 것을 아는지 엄살을 부리지 않았다. 우리 집 출입구 앞에서 우주한테 먼저 들어가라는 손짓을 했다.

"엄마한테 누나는 약속 있어서 다른 데 갔다고 해."

우주는 키패드 비밀번호를 누르지 않고 나를 빤히 봤다.

"들어가라니까, 왜?"

"누나 미안해. 잘못했어."

"빨리도 말한다. 알았으니까 들어가."

"누나, 나 돈 많아. 내가 야구공 사 줄……."

내가 다리를 치켜들자 우주가 부리나케 번호를 누른 뒤 안으로 뛰어 들어갔다. 그 모습이 귀여우면서도 짜증이 났다.

소미한테 전화했는데 받지 않았다.

뭐 해?

톡을 보내고 한참을 지켜봐도 답톡은 오지 않았다.

어처구니없이 톡으로 헤어졌지만 자존심이 상했다. 무엇보다 카메라를 피하려고 공을 줬다는 사실은 상상 밖의 일이다. 나는 그런 줄도 모르고 우리의 만남이 운명이고 기적이라고 믿었다. 이제 남은 건 야구공과 삼만 원 교환식뿐이다.

"가짜 공을 줘 버릴까 보다."

야구공이야 전부 똑같고, 공에 번호가 새겨진 것도 아니니까 준희도 모르지 않을까.

스마트폰으로 토끼마켓에서 야구공을 검색했다. 똑같을 거라고 생각한 내 예상이 빗나갔다. 야구팀의 로고가 새겨진 공에서부터 선수들의 사인이 있거나 장식용 야구공도 있었고, 깨끗한 공만 아니라 손때가 묻어 있는 공, 우리나라뿐 아니라 해외에서 온 공도 있었다. 머리가 지끈거렸다.

6월 16일 돌핀스 17번 강현 선수가 지고 있던 경기를 뒤집은 홈런볼이 필요했다.

소미한테서 톡이 왔다.

> 오늘부터 리더십 프로그램 참가 중.
>
> 4박 5일. 끝날 때까지 내가 살아 있을까? ㅜㅜ
>
> 엄마가 멋대로 신청해서. 폰도 제대로 사용 못 해.

소미의 톡을 보면 동영상 촬영도 하고 발표도 해야 하고 할 일이 많아 보였다. 지금 상황을 얘기하고 싶지만 다음으로 미뤘다.

집에 오자 거실에서 텔레비전을 보던 우주가 벌떡 일어났다.

"엄마, 누나 왔어."

안방에 있던 엄마가 나오더니 주방으로 걸음을 옮겼다.

"늦었네. 손부터 씻고 와."

엄마 말대로 손을 씻고 주방으로 가자 식탁 위에 미역국과 갈비찜, 월남쌈이 있었다. 하루 늦은 생일상이었다.

"우주가 배고프다고 해서 우리는 먼저 먹었어."

일찍 오라고 전화했으면 같이 먹었을 텐데. 입맛이 없었지만 안 먹으면 뒤에 따라올 잔소리가 듣기 싫어서 숟가락을 들고 묵묵히 먹었다. 엄마는 물을 따른 컵을 식탁 위에 놓은 뒤 맞은편 의자에 앉았다.

"너는 왜 생일이라고 말을 안 하니? 아빠가 얼마나 화를 내는지. 아빠가 네 선물 아주 멋진 것 샀대. 이건 내 선물."

봉투에 든 것은 아마 문화상품권일 거다. 작년에도 문화상품권이었고 그걸로 책을 샀다.

"이번 주말에 아빠 오시면 너 좋아하는 뷔페 가서……."

끼적거리던 숟가락을 놓았다.

"엄마는?"

내 목소리가 높아지자 엄마가 내 얼굴을 제대로 봤다.

"생일 잊은 거 안 미안해? 우주 생일 때는 일주일, 아니 한 달 전부터 뭘 할지 고민하고 생일상 차리고 선물도 준비하잖아. 근데 왜."

목이 메서 얼른 '울지 마.'라는 말을 주문처럼 되뇌며 마음을 다잡았다.

"얘가, 너, 너……. 엄마가 바빠서 잊었어. 하아……. 요즘 건 망증도 있고. 우주는, 그래 우주는 한 달 전부터 생일, 생일 하잖 아. 그러니까 너도 미리 말했으면 좋았을 텐데. 엄마가 미안해. 근데 너, 너는 어린애 아니잖아."

엄마가 말까지 더듬으며 당황하는 모습은 처음이다.

"엄마, 나 열다섯 살이야. 어린애도 아니지만, 어른도 아니잖 아. 엄마는 엄마가 얼마나 나를 차별하는지 모르지? 더는 엄마 관심 바라지 않을게."

주방에서 나와 내 방으로 갔다. 뒤에서 우주가 따라오는 것을 느꼈지만 방문을 닫고 잠갔다.

"진작 잠갔더라면 야구공은 있었을 텐데."

가족이라고 해도 더 사랑하거나 덜 사랑하는 사람이 있다. 엄 마한테는 우주가 전자고 내가 후자다. 기숙사가 있는 고등학교에 빨리 들어갔으면 좋겠다.

침대에 드러누워 토끼마켓에서 피터팬의 프로필을 확인했다. 7월에 가구와 자전거를 판매했고 야구공, 그림, 채소와 꽃모종을

산 기록이 있었다. 무료 나눔 기록도 많았다. 인기 지수는 높고 판매 후기도 좋았다. 만오천 원에 내놓았는데도 오천 원을 더 준 것을 보면 착한 사람이지 않을까. 희준이랑 전화번호를 교환한 것이 아니어서 채팅 창을 이용하는 방법밖에 없었다.

'강현 선수 홈런 야구공'까지 썼다가 지웠다.

> 안녕하세요? 저는 한여름이라고 합니다. 7월 28일에 영진아파트에서 강현 선수 야구공 사셨잖아요. 제가 야구공 주인인데 아는 동생이 모르고 판 거예요. 그 공 다시 제게 파시면 안 될까요?

최대한 공손하게 글을 쓴 뒤 조마조마한 마음으로 기다렸지만 답이 없었다. 읽었는지 안 읽었는지도 알 수 없어서 더 답답했다.

똑똑!

"누나, 문 열어 봐!"

무시하려다가 마음을 바꿨다.

"왜?"

"이거."

배시시 웃으며 작은 상자를 전해 준 우주는 브이를 해 보이더니 뒷걸음질하며 사라졌다.

상자 안에는 노란 방울이 달린, 초등학생이 할 법한 머리핀이 있었다. 카드도 있었다.

생일 축하해.

비밀로 해 줘서 고마워.

- 우주 & 희라

마냥 코흘리개로 보이던 우주가 여자 친구와 데이트하면서 머
리핀을 고르는 모습이 눈에 선했다.

"그래. 너라도 연애 잘해라."

잠이 들 때까지 토끼마켓을 확인했지만 피터팬에게서 답장은
오지 않았다.

헤어질 때, 너와 내가 몰랐던 것들

"나 못 가. 더는 못 가겠어."

주저앉으려던 찰나 동윤이가 내 옆구리에 손을 넣더니 몸을 끌어올렸다.

"너 이러면 힘들어서 진짜 못 가. 조금씩이라도 걸어야 해."

동윤이 말이 맞다고 생각하면서도 몸은 의지와 상관없이 가라앉으려고 했다. 며칠째 잠을 제대로 못 잔 영향도 있었다.

"자꾸 이러면 엉덩이를 밀 거야."

"으엑!"

농담인 줄 알면서도 진저리를 치며 몸을 곧추세웠다. 동윤이가 근처에서 기다란 나뭇가지를 하나 갖고 왔다.

"자, 잡아."

동윤이가 시키는 대로 나뭇가지 끝을 잡았다. 동윤이가 앞서 걸어가고 끌어당기는 대로 걸음을 옮겼다. 햇볕이 자리를 바꾸면서 그늘도 생겨 걷기가 훨씬 나았다. 그제야 짙고 싱싱한 초록 잎들과 풀들이 눈에 들어왔다.

피터팬은 이틀이나 지나서 답장했다. '강원도 ○○시 ○○면 매지길 23'으로 직접 오면 공을 주겠다고 했다.

답장을 보자마자 마음이 급해졌다. 인터넷으로 빠른 길 찾기를 검색하며 무작정 집을 나서는데 아파트 입구에서 동윤이를 만났다.

"어디 가냐?"

"공 찾으러."

"갈 길이나 가지. 관심 꺼."라는 말이 나와야 하는데 야구공 생각만 하다 보니 무심코 속마음이 그대로 나왔다.

"그때 그 야구공?"

딱히 거짓말하고 싶은 생각도 안 난다.

"응. 우주가 여친한테, 희라라고 있어, 희라 맘에 들려고 공을 준 거야. 희라 오빠인 희준이는 그걸 토끼마켓에 팔았고. 산 사람은 강원도로 직접 찾아오면 공을 주겠대. 난 그 공이 꼭 필요하거든."

머릿속에 둥둥 떠다니던 말이 술술 나왔다.

"헤어지면 끝이지, 그걸 다시 달라고 하디?"

"그러니까. 치사해서⋯⋯."

세상에, 구남친한테 현남친이랑 깨진 것을 광고하고 말았다.

"헐, 내가 정말, 제정신이 아닌가 봐."

얼굴이 화끈거리고 부끄러워서 땅속이든 하늘이든 꺼지고 싶었다.

"너 정말 답답했나 보다. 나한테 이렇게 털어놓을 정도면."

자존심이 상해서 어쩔 줄 몰라 하는데 동윤이가 같이 가 주겠다고 나섰다. 당연히 거절해야 하지만 혼자서 피터팬을 만난다는 게 약간은 무섭기도 해서 함께 오게 됐다.

이곳까지 온 동윤이가 고마우면서도 부끄럽고 수많은 감정이 겹쳐졌다. 그 감정을 뚫고 예전부터 묻고 싶었던 질문이 나왔다.

"그때 말이야, 내가 차일 정도로 재수 없었어?"

"내가 찼었냐?"

조마조마하면서 물은 질문에 어이없는 대답이 돌아왔다.

"하!"

때리고 싶을 만큼 얄미운 뒤통수와 등을 노려봤다. 수학 못하는 것은 알고 있었지만, 기억력까지 엉망인 줄은 몰랐다.

"하여튼 넌 별 타격 없었잖아."

"하!"

헛웃음이 또 나왔다. 동윤이와 헤어진 뒤 처음 친 모의고사에서 대부분 만점을 받았다. 그랬더니 아이들은 내가 처음부터 동윤이를 별로 안 좋아했다며 공공연히 말하고 다녔다. 좋아했다면 절대 만점을 받을 수 없다는 게 이유였다. 그러거나 말거나 동윤이가 나를 찼다는 사실이 알려질까 봐 전전긍긍하던 나는 구태여 해명하지 않았다.

"야, 그날 내가…… 말을 말자."

동윤이랑 헤어졌던 그날, 동윤이가 도서관에 다시 오지 않을까 싶어서 폐관 시간까지 있었다. 겉으로는 아무렇지 않은 척했지만 시험공부를 하는 내내 눈물을 닦고 코를 푼다고 휴지를 많이 썼고, 톡이 오지 않을까 싶어 스마트폰을 손에서 놓지도 않았다.

"그때 너 엄청 잔소리쟁이였잖아."

하나둘 튀어나오던 기억의 조각들이 쑥 들어갔다.

"넌 수다쟁이였다 뭐."

"넌 완전 강박증이지. 손도 매일 씻고."

"그건 강박증이 아니라 당연한 거야."

"게임하는 것도 당연한 거였어."

"그래서 학교에서 만날 졸았냐?"

"성장기 때는 잠을 많이 자야 해. 그래서 지금 내 키가 큰 거라니까. 근데 우리 지금 뭐 하냐?"

앞서서 걷던 동윤이가 걸음을 멈췄다.

초록으로 가득 찬 정원 안쪽에 통나무와 유리로 만든 이층집이 있었다. 마치 동화 속에 나오는 비밀의 화원 같은 집이었다.

컹컹.

누런 개 한 마리가 반갑게 꼬리를 흔들며 우리 쪽으로 뛰어왔다.

"로이, 안 돼! 멈춰!"

청색 멜빵바지를 입고 챙 넓은 모자를 쓴 아저씨가 집 옆에 있던 비닐하우스에서 뛰쳐나왔다.

"……누구?"

"야구공이요!"

"아!"

아저씨가 급하게 모자를 벗어 우리한테 부채질을 해 줬는데 마음씨 좋은 아저씨 같아 안심이 됐다.

"온다고 고생했죠? 하필이면 오늘 기온이 높아서. 얼른 들어가요."

아저씨를 따라 집 안으로 들어간 나는 깜짝 놀랐다. 집이 아니라 도서관 같았다. 사방에 책이 있고 창 쪽엔 책을 읽을 수 있는 기다란 탁자와 의자가 있었다.

우리를 탁자로 안내한 아저씨는 옆에 있던 선풍기를 튼 뒤 차가운 물을 갖고 왔다. 물을 마시면서 선풍기 바람을 쐬자 흐물거렸던 정신이 조금씩 돌아왔다. 아저씨는 찐 옥수수와 수제 레몬청으로 만든 레모네이드도 내왔다.

"고맙습니다!"

"고맙습니다!"

달면서 쫀득한 옥수수를 먹으며 주변을 둘러보다가 벽면에

'작은 서점'이라는 소박한 간판을 봤다. 집도 드문드문 떨어져 있고 백 가구도 안 되는 시골 마을에서 장사가 될까 걱정스러웠지만 이런 곳에 서점이 더 필요하다는 생각이 들면서 아저씨가 대단해 보였다.

레모네이드가 바닥을 드러낼 때쯤 아저씨가 문 옆 장식장을 열고 공을 갖고 왔다.

컹! 컹컹!

현관문에 몸을 걸치고 있던 로이가 순식간에 달려와 다리를 들고 껑충 뛰었다.

"로이 안 돼! 제자리!"

끄으응.

바쁘게 움직이던 꼬리가 축 늘어진 로이는 제자리로 돌아갔다. 로이의 두 눈이 우울해 보였다.

"사실 여기까지 오라고 하면 공을 포기할 줄 알았어요."

아저씨가 공을 테이블 위에 올렸다.

"헉!"

실밥도 뜯겨 있고 군데군데 이빨 자국이 있었다. 공을 그렇게 만든 범인이 누구인지는 물을 필요가 없었다.

"야구 관련 책 옆에 '강현 선수가 홈런을 친 공'이라고 적고 올려 뒀는데 로이가 갖고 놀면서 이렇게 됐어요. 꼭 필요해서 온 것 같은데 어떡하죠?"

"괜찮아요."

내 입에서 나온 소리가 아니라 동윤이 입에서 나온 소리였다. 하나도 안 괜찮은데, 저 공이 필요한 사람은 나인데도 나 대신 괜찮다고 하는 동윤이를 흘겨봤다. 내 시선을 느꼈을 텐데 동윤이는 별일 아니라는 듯이 행동했다.

"공이 낡았든 어떻든 강현 선수가 홈런 친 공이니까, 괜찮아요."

준희 오빠한테 어떻게 공을 줄까 걱정하던 마음이 순식간에 사라졌다. 동윤이한테 반짝이는 빛 가루를 뿌린 것처럼 눈이 부셨다. 키가 커지면서 지혜까지 생긴 것인지, 아니 원래 동윤이는 그랬는데 내가 몰랐던 건지 모르겠다.

아저씨는 내가 내민 공값을 끝까지 거절했다. 아저씨한테 고마운 마음을 전하고 싶어서 강아지 관련 책을 사는데 동윤이도 만화책을 샀다.

아저씨는 우리를 버스 터미널까지 데려다주었다.

"여기까지 온다고 정말 고생했어요. 또 놀러 와요."

나와 동윤이는 대답 대신 서로 얼굴을 보며 씩 웃었다.

아저씨의 트럭이 사라지고 나서야 터미널 안으로 들어가 표를 끊었다.

한고비를 넘겼다는 생각에 피곤이 몰려들었다. 스마트폰에는 스포츠 뉴스에 나왔을 때처럼 수많은 전화와 톡이 와 있었다. 엄마와 아빠, 우주, 소미였다. 기다리던 준희 오빠한테서는 연락이 없었다. 소미 톡부터 확인했다.

> 나 남친 생겼어. 같은 팀인데 이름은 민재야, 우민재. 궁합 테스트하니까 영원한 사랑이래. 꺄아아아악!!!!!!!!! 우리는 운명이야! 어쩜 전 세계 77억 인구 중에 만나다니. 언빌리버블이잖아. 이거 끝나면 더블 데이트 하자.

비보이스 오빠와 달리 동글동글하게 생긴 남자 친구와 같이 찍은 사진도 보냈는데 둘이 활짝 웃는 모습이 잘 어울렸다. 더블 데이트 할 일은 없지만, 곰이 하트 화살을 쏘아 올리는 이모티콘으로 소미의 현실 연애를 축하한 뒤, 우주가 보낸 톡을 확인했다.

> 누나 가출한 거야?
> 내가 엄마한테 공 얘기했어. 빨리 와.

"뭔 말도 안 되는 소리를."

뜬금없으면서도 가족들이 내 걱정을 한 것 같아 조금은 고소했다.

> 아빠가 너무 바빠서 여름이를 서운하게 만들었네. 아빠가 사랑하는 것 알지?

여름아, 엄마가 잘못했어. 네가 알아서 잘하니까 엄마가 신경을 덜 쓴 건 사실이야. 우주는 아직 아기 같아서. 엄마가 많이 반성하고 노력할 테니까 꼭 돌아와. 내 딸 여름이를 얼마나 사랑하는데. 너 잘못될까 봐 엄마 너무 무서워.

'엄마 너무 무서워.'라는 글자에 굳어 있던 내 마음이 조금은 풀어졌다. 내가 톡을 확인하자마자 다시 쉴 새 없이 톡이 왔다.

"누구?"

매점에서 산 간식과 음료수를 내밀며 동윤이가 물었다.

"소미랑 가족. 엄마는 내가 가출한 줄 알아."

답톡을 하려는데 동윤이가 스마트폰을 빼앗았다. 영문을 몰라 동윤이를 쳐다봤다.

"여기 온다고 안 했어? 혹시 너 6학년 때 가출하려고 한 건 아셔?"

"응?"

너무 놀라서 동윤이를 보는데 동윤이가 손바닥으로 내 이마를 톡 쳤다.

"딱 보니까 가출이던데 뭘. 아, 나도 머릿속으로만 백 번 넘게 가출했고, 실제로도 두 번쯤 시도해서 잘 아는 거야."

"그때 너, 혹시 내가 불쌍……."

"절대, 전혀. 너 인기 많았어."

머리에 퍼뜩 스치는 질문을 동윤이가 얼른 막아 버렸다. 제대로

넌 내게 반했어 103

알아들은 동윤이 답변에 안심했다.

"범생이처럼 엄마가 원하는 말 말고 네가 하고 싶은 말을 해. 네가 왜 기숙사 있는 학교 가려는지 너희 엄마도 알아야 해. 말 안 하면 몰라."

내가 고개를 끄덕이자 동윤이가 스마트폰을 돌려줬다.

> 강원도에 친구랑 놀러 왔는데 지금 집에 가. 9시 전에 도착할 거야. 가출은 꿈도 안 꿔.

톡을 보낸 뒤 대합실로 가서 나란히 앉았다.

텔레비전에서 야구 중계방송이 나왔다. 나도 모르게 눈이 가고 경기 점수를 확인했다. 2 대 2, 주자가 1루인 상황에서 타자가 들어섰다. 투 볼 투 스트라이크, 투수와 타자 모두 땀을 비 오듯 흘리고 있었다. 투수가 던진 공은 스트라이크 존을 완전히 벗어났지만 타자는 배트를 휘두르고 말았다. 절로 한숨이 나왔다.

"야, 너 야구 공부 좀 했나 본데?"

"으응?"

"너 예전에 홈런인지 파울인지도 몰랐잖아."

나도 놀랐다. 준희 오빠가 야구를 좋아하니까 따로 공부를 하지 않아도 알게 되었다. 그리고 또 놀랐다. 동윤이가 야구를 엄청 좋아했다는 사실에.

"야구 한번 보라니까. 어제는 도루 하나로 경기가 뒤집힌 거 있지. 정말 야구는 사랑할 수밖에 없어. 너 공부하면서 스트레스 쌓이잖아. 야구 보면 스트레스가 싹 날아가. 같이 야구장 가자, 여름아아아아."

이제 알겠다. 왜 동윤이와 헤어졌는지.

동윤이를 만나면서 동윤이가 하는 말에 귀를 기울이지 않았고 동윤이의 마음을 들여다볼 생각을 하지 않았다. 내가 원하는 남친의 모습에 동윤이를 끼워 맞추려고 했을 뿐이다. 나의 모든 것에 관심을 두고 세세하게 알아가려 노력했던 동윤이는 어떤 마음이었을까. 준희 오빠한테서 예전의 내 모습을 보고, 동윤이가 예전에 느꼈던 마음을 내가 느끼고 있다. 어떤 연산으로도 풀 수 없던 문제를 이제야 풀었다.

준희 오빠와의 이별은 어떨까. 아직은 현실감이 없다. 야구공을 주고 돈을 받으면, 시간이 지나면서 미뤄 둔 감정이 복받쳐 올라올까. 일요일, 스터디 카페에서 어떤 말과 행동이 오갈지 전혀 예상할 수 없다. 한 가지 확실한 것은 모든 사랑은 서로 발을 맞춰 가며 노력하는 것이지, 한 사람의 노력이나 희생으로는 이뤄질 수 없다는 사실이다.

티셔츠에 콜라 얼룩이 생긴 줄도 모르는 동윤이의 눈은 텔레비전에 꽂혀 있다.

야구장에 갑자기 장대비가 쏟아졌다. 쏟아지는 굵은 빗줄기를 피해 자리를 벗어나는 사람보다 비를 맞으며 자리를 지키는 사람들이 더 많았다. 급작스러운 소나기에 온몸이 젖은 사람들은 어깨동무하며 신나게 노래를 불렀다.

"넌 내게 반했어, 화려한 조명 속에 빛나고 있는, 넌 내게 반했어, 웃지 말고 대답해 봐……."

동윤이가 고개와 어깨를 살짝 흔들며 흥얼거렸다. 나도 동윤이처럼 노래를 흥얼거렸다. 가출하고 동윤이와 노래방에 있었을 때 동윤이가 여러 번 불렀던 노래였다. 그때 난 쉴 새 없이 나오는 '넌 내게 반했어'라는 가사를 '난 네게 반했어'로 알았다.

---

* 〈넌 내게 반했어〉는 록 밴드 노브레인의 노래로 '넌 내게 반했어'라는 가사가 21번 나온다.

동윤이 이야기

범생이, 그러니까 여름이와 사귄다고 했을 때 아이들은 '아깝다'고 했다. 물론 내가 아니라 여름이가.

"너 혹시 협박했냐?"

"사귀어 달라고 빌었지, 엉?"

"금방 차인다에 오백, 아니 오천 원!"

친한 친구들까지 나를 놀렸지만 세로토닌과 도파민이 끊임없이 솟아나는 느낌이었다.

여름이와는 105일째 헤어졌다.

우연찮게 강원도에 다녀온 뒤 여름이와 한 번 더 만났다. 아이스크림 가게에서 만난 여름이는 진심으로 고맙다고 했다.

"그때 너 노래 정말 못 부르더라. '완전 음치야, 탬버린도 박자를

못 맞추네, 춤도 엉망이야.' 그랬는데, 실은 좋더라고. 너한테 여
친 있을까 봐 얼마나 마음 졸였는지 몰라. 네가 몰랐던 것 같아서
말하지만, 나도 너 많이 좋아했어. 정동윤, 잘 지내."

　담담한 여름이의 말을 들으면서 내 머리나 심장 어딘가에 달
라붙어 있던 감정의 찌꺼기를 확실히 털어 냈다. '그만하자'는 말
을 내뱉은 지 1년 4개월이 지나서야 나는 비로소 한여름과 완전
히 이별했다.

너의 짝사랑

김명선

정은의 사랑

정은은 '나는 스토커일까?' 잠시 자문했다. 준규에게 위협을 가한 적은 없으니(말 한 마디도 걸어 본 적 없다.) 누가 봐도 아니지만, 방금 자신이 한 일은 무모했다. 계획을 완전히 벗어난 일이었다.

정은은 계획대로 수학 학원에서부터 준규를 미행해 이룸아트홀로 들어섰다. 여기까지가 현실이라면 오페라 선생님을 만난 뒤부터는 현실감이 떨어진다.

불어 터진 라면 머리를 한 선생님은 정은을 붙잡고 오페라를 배우면 얻는 이득에 대해 설명했다. 스트레스가 풀려 공부를 잘하게 되고 노래를 잘해 인싸 반열에 오를 것이며 집중력이 높아지고 불면증이 해소된다는 등 오페라를 만병통치약처럼 선전했다.

약장수가 따로 없었다.

정은은 선생님 말을 한쪽 귀로 흘려들으며 달아날 계획을 짰다. 준규는 시야에서 사라진 지 오래였다. 이번에도 준규 집을 알아내긴 글렀다. 낙담한 얼굴로 선생님이 앉은 테이블을 살피다 오페라 신청서를 봤다.

신청인 칸에 서너 명의 이름이 쓰여 있었는데 '강준규'라는 이름이 3D처럼 앞으로 튀어나왔다. 선생님이 신청서를 거두려는 찰나, 정은은 준규 이름 아래 자신의 이름 '진정은'을 써 넣었다. 다분히 충동적이었다.

"신청하면 끝! 중간에 관두면 손가락 하나 자르기! 흐흐흐."

선생님이 괴상한 웃음을 흘리며 농담인지 협박인지 모를 말을 했을 때에야 정은은 현실을 직시했다.

혼이 나간 상태로 아트홀을 나왔다. 선생님이 쥐여 준 〈토요문화스쿨 '청소년 무료 오페라' 단원 4기 모집〉 전단지를 가방에 쑤셔 넣었다.

'맙소사. 오페라라니. 완전 오글거려!'

전두엽 오작동으로 터무니없는 짓을 저지르고 말았다.

'진정은. 너 별걸 다 하는구나.'

아트홀 건물 옆 단풍나무를 봤다. 초가을인데 잎사귀 끝이 붉었다. 오페라 수업 기간이 3개월이랬나? 수업이 끝날 때쯤이면 가지에 남은 단풍이 몇 잎 없을 터였다. 긴 시간이었다. 한숨을 토하는 순간, 여트막한 빛이 보였다. 역발상. 수업 기간이 길다는 건 그만큼 준규를 오래 볼 수 있다는 뜻이었다. 정은은 계획을 수정했다. 절망과 희망은 한 끗 차이였다.

정은은 토요일 아침 일찍부터 부지런을 떨었다. 고데기로 앞머리를 말고 비비크림과 틴트를 바른 뒤, 향수를 뿌리고 안경을 벗었다. 완벽하게 단장하고 아트홀로 갔다. 오페라 수업은 망각의 샘에 처박아 놓고 준규를 영접할 생각만 했다. 강준규. 이름 석 자만 들어도 설렜다.

처음 본 사람에게도 쉽게 말을 걸고 금방 친해지는 정은이었다. 그런데 준규 앞에서만은 납작하게 쪼그라들었다. 준규와 눈이라도 마주치면 지질 시대 화석처럼 굳어 버렸다. 처음엔 당황했지만 지금은 자신의 감정을 받아들이고 침착하게 대처해 나가는 중이다.

정은은 오페라 수업을 받기 전에 화장실에 들렀다. 볼일을 본 뒤, 산뜻한 기분으로 화장실 문을 여는데 밖에서 남자 목소리가 들렸다. 본능적으로 문을 닫았다. 문고리를 잡은 손에 땀이 뱄다. 안경을 쓰지 않은 탓이었다. 완벽하다고 생각했는데. 예민해 렌즈를 낄 수 없는 자신의 각막이 원망스러웠다.

한참 뒤에야 문밖이 잠잠해졌다.

이때다. 정은은 계획한 대로 뒤도 돌아보지 않고 화장실을 뛰쳐

나왔다. 그런데 남자 화장실을 빠져나오기도 전에 한 남자애와 부딪혔다. 그 애가 넘어진 정은을 일으켰고 둘은 눈이 마주쳤다. 정은은 얼굴과 귓불이 화르르 달아오르는 것을 느꼈다. 소름이 돋을 만큼 부끄럽고 끔찍했다.

정은은 남자애에게 고맙다는 말도 하지 않은 채 부리나케 공연장 안으로 들어와 버렸다. 수업하는 공연장에 들어오고 나서야 숨이 제대로 쉬어졌다.

관객 없는 공연장은 고고하고 엄숙했다. 관객석 아래로 은은한 조명이 켜진 무대와 그 위에서 쉴 새 없이 떠드는 오페라 선생님이 보였다.

선생님이 반가워하며 정은에게 손짓했다.

"어서 와라."

관객석 맨 앞자리에 열아홉 명의 아이들이 정은을 돌아봤다. 준규도 보였다. 오른쪽 맨 끝에 앉았는데 조명이 없는 곳에서도 빛이 났다.

정은은 반가운 나머지 '준규야!' 하고 손을 흔들 뻔했다. 준규는 정은을 흘낏 보고는 앞쪽으로 고개를 돌렸다. 준규는 정은의 존재를 몰랐다. 같이 수학 학원에 다니는 것도 학원이 끝날 때마다 정은이 준규를 기다리는 것도 알 턱이 없었다.

정은은 조용히 준규 뒷자리에 앉았다. 준규의 뒷모습을 보기만 해도 가슴이 벅찼다.

선생님은 자신이 이탈리아에서 오페라를 전공한 유학파이며 아트홀에서 하도 부탁하는 바람에 문화스쿨에 참여한다는 묻지도 않은 말을 늘어놓았다.

"나한테 공짜로 배우다니 너넨 진짜 복 받은 거야. 배역 정하려면 성량이나 톤을 봐야 하니깐 오디션도 보고 자기소개도 하자. 신청자가 적어 오디션에서 떨어지는 사람은 없을 테니 안심하고. ㅎㅎㅎ."

오디션에서 떨어지는 사람이 있다면 선생님이 걱정스러울 정도로 아이들 수가 적었다. 자기소개와 오디션이란 말에 아이들이 구시렁댔지만 선생님은 아랑곳하지 않고 마이크와 앰프를 준비했다. 처음 봤을 때부터 알아봤지만 선생님은 막무가내였다.

아이들은 투덜대면서도 자기소개를 하고 노래를 불렀다. 정은은 음악 방송에서 좋아하는 아이돌이 나오길 고대하듯 준규 차례를 기다렸다. 준규는 단연 으뜸이었다. 외모면 외모, 노래면 노래, 어느 것 하나 부족함이 없었다. 몇몇 여자애들이 준규를 보며 수군댔다.

정은은 준규의 매니저라도 되는 양 흡족했다.

'침들 닦아라. 준균 내 거야.'

정은 차례였다. 정은은 준비한 대로 똑소리 나게 말했다. 첫 수업인 만큼 자기소개와 오디션은 당연히 예상했다.

"유일중학교 1학년 진정은입니다. 오래전부터 종합 무대 예술인 오페라를 동경했습니다. 힘들 때도 있겠지만 모두 함께 즐겼으면 좋겠습니다."

정은의 진심은 '준규가 오페라를 좋아하는 줄 몰랐어요. 앞으로 너무 힘들 것 같아요. 흑흑. 오페라보다는 준규 보는 낙으로 다녀야죠, 뭐. 여러분은 정말 오페라를 좋아하나요?' 였지만.

선생님이 괴상한 소리로 웃었다.

"진정은 진정하고 노래해 볼까?"

선생님 말에 아이들이 웃음을 터트렸다. 정은은 웃기지도 않은 농담에 화가 났지만 침착함을 유지했다. 오늘의 계획에 분노는 없었다. 마음을 가라앉힌 뒤, 오페라 영상을 보며 익힌 노래를 음정 하나 틀리지 않고 불렀다.

정은 다음으로 한 남자애가 무대에 올랐는데 화장실 그 애였다. 같이 오페라 수업을 들을 줄이야. 정은은 헉 소리를 목구멍 안으로 삼켰다. 화장실 사건은 완벽한 일정에서 지워지지 않는 오점이었다. 정은은 앞으로 남자애를 어떻게 처리하면 좋을지 궁리했다.

남자애는 손에 땀이 나는지 연신 바지에 손바닥을 문질렀다. 어깨를 움츠린 채 수줍어하며 이름과 학교를 말했다. 이름은 정다운. 준규와 같은 중학교였다. 빛바랜 회색 추리닝을 입었는데 무릎 부분은 튀어나오고 목둘레는 후줄근하게 늘어나 있었다. 다운은 부끄러워하면서도 끝까지 노래를 불렀다. 노래는 들어 줄 만했다. 인심 써서 잘하는 편에 속했다.

선생님이 배역을 정하는 동안, 정은은 아이들과 함께 무대 스크린에 띄워진 〈투란도트〉 애니메이션을 봤다. 앞으로 연기할 오페라였는데, 중국 황제 딸 '투란도트' 공주가 이국 왕자 손에 살해당한 선조(先朝) 공주의 복수를 위해 수많은 왕자에게 어려운 수수께끼를 내고 목숨을 빼앗다가 '칼라프' 왕자를 만나 진정한 사랑을 깨닫는 내용이었다. 뻔한 스토리였다.

선생님이 배역을 발표했다.

"칼라프는……."

정은은 준규를 봤다. 남자 주인공이라면 단연 준규였다.

"정다운."

말도 안 돼! 정은은 반사적으로 다운 쪽으로 고개를 돌렸다. 다운도 놀랐는지 눈이 커졌다. 다운이 노래는 좀 하지만 남주를 맡을 정도는 아니었다. 선생님이 다운과 준규를 혼동한 건 아닐까? 정은은 실망한 얼굴을 한 준규를 안타까운 마음으로 바라봤다.

'투란도트'는 중3 이지혜 언니가 맡았다. 준규는 칼라프의 아버지 '티무르'를 맡았다. 정은에게는 칼라프를 사랑해 제 목숨을 바친 비련의 노예 '류' 역할이 주어졌다.

배역 배정이 끝나자 준규가 선생님을 따로 불렀다. 선생님과 준규는 무대 뒤로 사라졌다 돌아왔다. 무대에서 내려오는 준규 얼굴이 어두웠다.

선생님은 실력보다는 목소리 톤을 중심으로 역할을 정했다면서 배역에 불만이 있더라도 최선을 다해 달라고 당부했다. 정은은 '목소리 톤을 중심으로'란 말에 고개를 끄덕이다가도 준규가 남주가 아닌 현실이 못마땅했다.

발성 연습을 위해 연습실로 자리를 옮겼다. 선생님의 피아노 반주에 맞춰 발성 연습을 했다.

아아아아아.

앞쪽 벽면은 통째로 거울이었다.

에에에에에.

정은과 아이들이 데칼코마니처럼 거울에 찍혔다.

오오오오오.

정은은 맨 뒤에 있어 다행이라고 여겼다. 앞자리에서 닭똥집 같은 입 모양으로 우우우우우 하면 준규가 보기에 얼마나 볼썽사납겠는가.

발성 연습을 끝내고 간식을 먹었다. 선생님은 친해지라며 의자를 둥그렇게 만들어 앉게 했다. 서로를 안 볼래야 안 볼 수가 없는 구조였다. 준규가 훤히 보이는데 어떻게 간식을 먹으란 말인지.

정은 옆에 앉은 선생님이 도넛을 한입 가득 물고 떠들었다.

"정은이 목소리 소녀 같지 않니? 류 역할에 딱이야. 노래는 낳이 부족하지만."

선생님은 칭찬인지 욕인지 모를 말을 잘도 했다. 정은은 준규 눈치를 살폈다. 준규는 다행히 옆에 앉은 다운과 얘기하느라 선생님 말을 못 들은 눈치였다.

준규와 다운은 친해 보였다. 정은은 문득 다운이 부러웠다. 준규와 같은 학교에 다니면 어떤 기분일까?

준규와 다운은 뭐가 재밌는지 깔깔대며 웃었다. 다운이란 녀석, 설마 화장실 사건을 얘기한 건 아니겠지? 정은은 오렌지 주스를 쪽쪽 빨며 다운을 노려봤다. 그리고 참신한 계획을 떠올렸다.

포전인옥(拋磚引玉). 벽돌을 주고 옥을 취한다. 다운을 통해 강준규 얻기. 다운이 좀 귀찮지만 원하는 걸 얻으려면 감수해야 했다.

정은은 오페라가 끝나고 준규와 다운이 헤어지길 기다렸다. 다운만 혼자 남았을 때 안경을 꺼내 쓰고 집으로 향하는 다운을 불렀다. 다운이 놀란 얼굴로 돌아봤다. 오랜 친구처럼 이름을 부르는 정은에게 꽤 당황한 눈치였다. 정은이 예상한 대로였다.

정은이 앞장서며 천연덕스럽게 말했다.

"나랑 같은 동네에 사네?"

머뭇대던 다운이 뒤따라오는 소리가 들렸다.

정은은 다운에게 들리도록 큰 소리로 물었다.

"가을밤이라 쌀쌀하다. 그치?"

"어…… 어."

"오페라 수업 재밌니?"

정은이 뒤돌아 묻자 다운이 우물쭈물 답했다.

"어? 어."

"난 여기로 가. 다음 수업 때 보자!"

"어? 어."

다운이 멍한 얼굴로 정은에게 말했다.

정은은 '1단계 얼굴 트기' 계획을 완수하고 다운과 작별했다.

토요일. 아트홀 연습실에서 발성과 노래 연습을 했다. 다 같이 부르는 합창은 함께 모여 익혔고 혼자 부르는 아리아는 작은 연습실에서 선생님과 따로 연습했다. 류 역할은 아리아가 대부분이지만 티무르를 맡은 준규와 함께하는 앙상블도 꽤 있었다. 앙상블을 할 때는 작은 연습실에서 선생님과 정은, 준규 이렇게 셋이 연습했다. 준규 옆에 가까이 있을 수 있다니 정은은 꿈만 같았다.

선생님이 이런 말을 꺼내기 전까진 말이다.

"정은아. 목소리가 아깝다. 노래가 깎아 먹네."

선생님은 칭찬인지 욕인지 모를 소리를 또 해 댔다. 거기서 끝났다면 정은도 덜 괴로웠을 터였다.

"이렇게 노래하면 네 목소리는 돼지 목에 진주 목걸이야. 정말 걱정이다."

가만있는 돼지는 왜. 돼지 외모 비하까지. 준규에게서 큭큭 웃음 참는 소리가 났다. 돼지를 걱정할 때가 아니었다. 정은은 연습실을 뛰쳐나가고 싶은 충동을 느꼈다. 노래는 치밀하게 계획한다고 해서 되는 일이 아니었다. 준규와 함께 있을 수 있어 신청했지만 상황이 이렇다면 오페라는 준규와의 관계에 독이다. 그렇다고 당장 때려치운다면 준규에게 나쁜 인상만 남길 터였다.

고민하던 정은은 차선을 택했다. 하루라도 빨리 다운에게서 준규에 대한 정보를 캐내고 준규에게 더 나쁜 이미지를 남기기 전에 오페라를 그만두는 것.

정은은 우선 다운이 어떤 아이인지 알아내기로 했다. 모르는 상태에서 섣불리 준규에 대한 정보를 얻으려 한다면 예상치 못한 결과를 불러올 수도 있었다. 입이 가벼운 애라면 동네방네 소문을 내거나 준규에게 정은의 짝사랑을 발설할 가능성이 높다. 비열한 녀석이라면 비밀을 미끼로 정은을 내내 협박할지도 모른다.

정은은 집에 가는 길에 다운에게 자신의 고민을 털어놓았다.

"노래가 안 돼. 너무 힘들다."

"류 노래가 어렵긴 하지. 옥타브도 높고."

"내가 오페라를 해 봤어야 말이지. 진짜 때려치우고 싶다."

"안 돼! 그러니까…… 내 말은, 쉽게 포기하지 말란 말이야."

"선생님한텐 계속 지적만 받고. 공연 날은 다가오는데. 더 크게 망신당하기 전에 사라지고 싶단 생각도 해."

다운이 이야기를 잘 들어 줘서인지 계획하지 않은 속마음까지 털어놓고 말았다.

"나도 오페라 처음 했을 때 그랬어. 물론 지금도 그래. 내 목표는 저기 하늘 끝에 있는데 실력은 바닥인 거야. 도망치고 싶고 포기하고 싶은 날이 많아. 노래는 맘처럼 안 되지, 실력은 제자릴 맴돌지."

다운은 자신의 꿈은 오페라 가수이며, 꿈을 향해 하루도 빠짐없이 연습한다고 했다. 정은은 꿈에 대해 이야기하는 다운의 옆모습을 물끄러미 바라봤다. 무대에서 노래할 때 수줍어하던 다운이 맞나 싶을 정도로 열정적이었다. 다운이 발산하는 에너지가 보기 좋았다.

그런데 다운의 이야기는 끝날 기미가 안 보였다. 설마 14년 동안 못 한 말을 여기다 풀어놓는 건 아니겠지? 정은은 슬슬 걱정과 후회가 밀려왔다.

'얜 눈치가 좀 없나?'

정은과 헤어지기 전 다운이 말했다.

"못 한 얘긴 다음에 또 하자."

정은은 다운의 말에 '쟬 더 알 필요가 있을까?' 하고 계획을 재고했다.

잠들기 전에 다운에게서 톡이 왔다.

> 정은아. 노래 잘하는 비결 알려 줄게. 내일 아침 7시 반에 청라 산에서 보자.

꼭두새벽부터 산이라고? 정은은 추위를 많이 타는 편이라 한 여름만 빼고는 손발이 찼다. 으슬으슬 추울 가을 새벽 산이 선뜻 끌리지 않았다.

하지만 더없이 좋은 기회였다. 노래를 배우며 자연스럽게 준 규에 대해 알게 된다면 일석이조(一石二鳥). 모든 고민이 단박에 해결된다. 준규에게 멋진 노래 실력을 보여 주고 준규와 함께 오 페라를 하며 사랑을 싹틔울 수도 있을 터였다.

정은은 밑져야 본전이란 생각으로 다음 날 새벽, 청라산으로 갔다. 청라산 입구에서 다운이 정은에게 손을 흔들며 천진하게 웃었다. 예상대로 새벽 산은 쌀쌀했다. 정은은 시린 손을 비비며 다운을 못마땅한 눈으로 쳐다봤다. 하지만 아쉬운 사람이 참아 야 했다.

정은이 몸을 떨며 물었다.

"비결이 뭔데?"

"내 실력이 발전한 계기가 있거든. 영업 비밀인데 너한테만 알려 줄게."

"그러니까 그게 뭐냐고."

추워서 말이 곱게 안 나갔다.

"우선 이거 마셔."

다운이 보온병 뚜껑에 물을 따라 건넸다.

따뜻한 물이 몸을 데우자 마음이 조금 누그러졌다. 다운 뒤쪽으로 자줏빛 코스모스가 흐드러지게 피었다. 코스모스가 바람에 물결처럼 흔들렸다.

"여기서 코스모스 축제도 해."

정은은 다운의 이야기를 들으며 코스모스 사잇길로 들어섰다. 웃자란 코스모스가 허리까지 올라왔다. 은은한 코스모스 향이 코끝에 맴돌았다.

"코스모스 꽃말이 순정이래."

정은은 코스모스 향을 깊이 들이마셨다. 새벽 공기와 코스모스 향이 허물없이 어우러졌다. 코스모스 길 끝이 등산로로 이어졌다. 길 양쪽에 우거진 나무들이 터널처럼 등산로를 감싸고 있어 아늑하고 신비로웠다.

정은이 말했다.

"청라산이 이렇게 좋은 줄 몰랐어."

"저쪽으로 가면 산장이 있어. 거기서 연습하면 돼."

"연습?"

"내 영업 비밀."

"비결이 고작 연습이었어?"

정은은 실망감을 감추지 않고 말했다.

"단순한 연습이 아니야. 매일 녹음해서 듣고 고칠 부분 다시 녹음해서 듣고. 반복 연습. 무한 반복. 그 길밖에 없어."

평소와 달리 다부진 다운의 모습에 정은은 고개를 끄덕였다. 그 길밖에 없을지도 모르겠다고, 노래도 배우고 준규에 대한 정보도 얻을 수 있는 절호의 기회라고 여겼다.

정은은 계획을 실행했다. 노래 배우며 정보 얻기! 다운의 수다만 피한다면 특별히 힘들 일도 없을 터였다.

다운이 말한 산장은 등산로를 벗어난 길 끝에 있었다. 통나무로 지어진 산장은 어른 넷이 누우면 꽉 찰 정도로 아담했다.

다운이 능숙한 솜씨로 산장 모서리에 늘어진 거미줄을 나뭇가지로 걷어 냈다.

"하룻밤 새에 이렇다니까."

"여기서 매일 연습해?"

정은이 산장을 둘러보며 물었다.

"힘들면 여기 앉아."

다운이 구석에 놓인 낡고 작은 나무 의자를 가리켰다. 먼지가 수북해 앉고 싶은 마음이 들지 않았다.

"여기 앉으면 먼지 귀신 되겠다. 연습이나 하자."

정은은 스마트폰 녹음 앱을 켰다.

다운은 대꾸 없이 가방 안에 손을 넣고 한참을 꼼지락댔다. 정은은 다운을 곁눈질했다. 다운이 가방에서 꺼낸 새하얀 손수건을 의자 위에 판판히 펴서 깔았다.

"앉아."

다운이 말했다.

정은은 웃음보가 터졌다.

"푸하하. 너 영화 너무 많이 본 거 아냐? 오글거려, 진짜."

다운이 울 것 같은 얼굴로 정은을 바라봤다.

정은은 다운의 눈치를 살피며 손수건이 깔린 의자에 앉았다. 노래를 연습하고 녹음하는 내내 다운은 말이 없었다. 손수건 때문에 그런가 싶어 신경이 쓰였지만 말이 많은 것보단 나아 정은도 별말 없이 노래만 연습했다. 다운과의 관계보다 노래가 먼저였고 준규에 대한 정보가 우선이었다.

등교 시간이 다가와 연습을 끝내고 산을 내려왔다. 정은은 도서관에서 늦은 밤까지 공부하고 돌아가는 것처럼 마음이 넉넉했다. 산 공기는 아직도 서늘했지만 가벼운 아침 공기가 더해져 상쾌했다.

다운이 말했다.

"집에서도 녹음하면 보내 줘. 고칠 부분 알려 줄게."

정은은 고개를 끄덕인 뒤, 계획대로 준규에 대해 물었다.

"학교에서 누구랑 친해?"

"누구?"

"준규랑 친한 거 같던데?"

"준규랑 친해야 해?"

"아, 아니. 그게 아니라. 어! 저거 탱자나무야?"

정은은 다운의 돌직구에 당황해 눈앞에 보이는 탱자나무로 화제를 돌렸다.

"과거엔 성을 은폐하고 적의 침입을 막으려고 탱자나무를 심었대. 고려 고종은 몽고군을 막으려고 강화도 성 주변에 탱자나무를 많이 심었는데 아직도 살아 있다나 봐."

"와, 그런 건 어떻게 알아?"

다운은 청라산을 내려오는 내내 나무와 꽃에 대해 쉼 없이 얘기했다. 처음엔 흥미가 갔던 정은도 한계에 다다랐다. 생물 시간도 아니고 숲 체험을 온 것도 아니었다. 정은이 따분하다는 신호를 보내도 다운은 감지하지 못했다. 다운은 역시 눈치가 없었다. 말도 너무 많았다.

정은은 결심했다.

'다신 나무나 꽃에 대해서도 묻지 말아야지.'

정은은 새벽마다 다운과 함께 산장에서 연습했다. 새벽에 눈 뜨기 힘들 때면 '지금 잘하는 짓일까?'라고 자문했고, '정보를 얻고 나면 당장 관둬야지.'라고 자답했다.

작은 연습실에서 노래를 끝낸 정은에게 선생님이 말했다.

"진주 목걸이 찰 만하네. 노래 실력이 확 늘었어, 진정은. 진정
놀랐다."

선생님 말에 준규가 웃었다. 큭 하고 웃는 비웃음이 아니라 인
정하는 웃음이었다. 준규가 정은을 향해 한쪽 엄지를 치켜올렸다.
준규의 칭찬 엄지. 정은은 구름에라도 올라선 것처럼 황홀했다.

정은은 곧장 큰 연습실에 있는 다운에게 톡을 보냈다.

> 정다운. 우리 더 열심히 연습하자!

정은은 평소보다 일찍 청라산 입구에서 다운을 기다렸다. 늘
10분씩 다운을 기다리게 했지만 앞으로는 먼저 도착하기로 마음
먹었다. 준규의 엄지가 정은을 깨웠다. 준규의 엄지가 정은에게
힘을 주었다. 정은은 지금보다 나은 노래를 준규에게 들려주고
싶었다.

정은은 멀리서 다가오는 다운을 우두커니 바라봤다. 첫날 입었
던 후줄근한 추리닝보다 교복이 백배는 잘 어울렸다. 멋지단 생각
이 들 정도로. 처음 봤을 때보다 키도 커 보였다. 하지만 머리가 문
제였다. 바가지를 쓰고 그대로 자른 것 같은 앞머리가 외모 지수
를 떨어뜨렸다. 바가지 머리가 서글서글한 눈매와 날렵한 콧날의

가치를 은폐시켰다.

"언제 왔어? 많이 기다린 거야?"

다운은 자신이 늦었다고 생각했는지 스마트폰 시계를 봤다.

"빨리 연습하고 싶어서."

정은이 코스모스 사잇길로 앞장서며 대꾸했다.

다운이 정은에게 다가와 핫팩을 쥐여 주었다.

"따뜻하게 하고 다녀."

이번엔 다운이 앞장섰다.

정은은 손에 든 핫팩과 다운의 뒷모습을 말없이 바라봤다.

산장 연습을 끝내고 정은은 전부터 묻고 싶었던 말을 물었다.

"〈투란도트〉 주인공이 누구라고 생각해?"

"류."

"정말?"

정은은 다운이 투란도트라 말할 줄 알았는데 자신과 생각이 같아 놀랐다.

안경을 콧등 위로 올리며 자신이 품었던 생각을 말했다.

"내 역할이어서가 아니라, 나도 류가 주인공이라고 생각해. 사랑을 위해 목숨을 던진 류가 진짜 멋지거든. 나도 그러고 싶어!"

정은은 순간 준규를 떠올렸다.

그 주 토요일 오페라 수업 시간. 선생님이 아이들을 모아 놓고 말했다.

"여기서 가장 발전한 사람은 정은이야. 좀 본받아라. 너희도 오디션 때 정은이 기억하지?"

마지막 질문만 하지 않았다면 얼마나 좋았을까? 선생님은 좋은 말만 하면 혀에 뿔이라도 돋는 모양이었다.

정은도 요즘 자신의 실력이 성장한 걸 느꼈다. 같이 연습하는 아이들도 정은을 칭찬했다.

"오늘 정말 잘하더라."

"정은아. 고음에서 소름 끼쳤어."

"감동받았어. 진정은."

준규도 자주 엄지를 치켜세웠다.

정은은 더 열심히 연습했다. 산장에서뿐만 아니라 집에서도 녹음해 다운에게 보냈다. 진즉에 다운이 보내라고 했지만 귀찮아서 미루던 일이었다. 다운도 정은이 발전하는 모습에 성취감을 느꼈는지 꼬박꼬박 수정할 부분을 얘기해 줬다.

오페라 공연을 한 달 앞둔 토요일 아침. 정은은 준규의 칭찬 엄지를 떠올리며 계획을 실행했다. 용기를 내 준규에게 문자로 고백했다.

> 준규야. 나 너 좋아해.

오페라 수업 시간이 다가오는데도 준규에게선 답이 없었다. 초조했다. 정은은 수업 시작 전에 아트홀 옆 도서관에 들러 책을 반납했다. 책을 반납하고 나오려는데 도서관 구석에서 준규와 지혜 언니를 발견했다. 둘 사이의 공기가 심상치 않았다. 정은은 저도 모르게 기둥 뒤로 숨었다.

준규가 지혜 언니에게 무언가를 건넸다. 카키색 리본이 묶인 빨간 상자였다. 정은은 상자에 든 물건을 확인하고 싶은 마음과 자신을 지키고 싶은 마음 사이에서 갈등했다. 지혜 언니가 상자 뚜껑을 열었다. 정은은 불길한 마음에 눈을 감았다 떴다. 상자를 가득 메운 하트 모양의 붉은 장미가 눈에 들어왔다.

장미에서 돋아난 가시들이 정은의 심장을 향해 날아왔다. 정은이 막을 새도 없이 가시들은 정은의 심장에 박혔다. 가시에 찔린 심장은 작은 알갱이로 산산조각 났다.

준규와 지혜 언니가 정은이 있는 쪽으로 걸어왔다. 정은은 조각난 심장을 추스르지도 못한 채 집으로 돌아왔다. 오페라 수업엔 참여할 수가 없었다.

오페라 수업을 받고 있을 다운에게서 톡이 왔다.

왜 안 와? 무슨 일 있어?

정은은 답장을 보내려다 스마트폰을 침대에 집어 던졌다. 다

꼴 보기 싫었다. 톡이 도착했다는 알람이 여러 번 울렸다. 정은은 몇 알 남지 않은 심장 알갱이를 움켜쥐었다. 가슴이 부서진다는 게 이런 걸까?

수학 학원에서 준규를 처음 본 여름이 떠올랐다. 햇볕을 한 번도 쬔 적 없는 것 같은 흰 피부에 반듯한 이목구비. 정은은 준규에게서 눈을 뗄 수가 없었다. 준규를 한 번이라도 더 보고 싶은 마음에 학원도 열심히 다녔다. 여름이 끝날 즈음 준규가 사는 곳이 궁금해 학원이 끝나고 준규 뒤를 쫓았다. 그리고 오페라 수업을 들었다.

전화가 울렸다. 다운이었다. 받지 않았다.

톡이 왔다.

너무 걱정된다. 어디 아파?

이름처럼 다정한 정다운. 다운에게 미안한 마음이 들었다.

다운에게서 다시 전화가 왔다.

"어디 아픈 거야?"

정은은 다운의 살가운 목소리를 듣자마자 울음이 터졌다.

"정은아 무슨 일이야? 무슨 일인데?"

정은은 다운의 목소리를 들으며 한참을 울다 전화를 끊었다.

정은은 오페라를 그만두기로 결심했다. 준규와 지혜 언니가 함께 있는 꼴을 도저히 볼 자신이 없었다.

　다운에겐 마지막 인사는 해야 할 것 같아 청라산으로 갔다. 청라산 입구에 있던 다운이 정은을 보자마자 달려왔다.

"괜찮아?"

"당연하지!"

정은은 부러 씩씩하게 말했다.

다운은 전화로도 만나서도 정은에게 어떤 말도 캐묻지 않았다.

"다운아. 나 오페라 관두려고."

"뭐? 네가 왜?"

"응?"

"내 말은…… 지금까지 연습한 게 다 헛수고가 되잖아."

"너한텐 고맙고 미안해."

"그럼 끝까지 해야지. 같이 공연하자."

다운이 점퍼 안쪽에서 코스모스 한 송이를 꺼내 정은에게 주었다.

"순정. 공연 하나만을 위해 지금껏 달려왔잖아."

정은은 다운이 건넨 코스모스를 받아 들었다.

"다운아. 넌 여친 생기면 잘해 줄 거야. 미래 네 여친이 부럽다."

코스모스 꽃잎을 내려다봤다.

'순정. 준규에 대한 내 마음이 순정일까?'

그날 밤, 다운에게서 전화가 왔다. 갑자기 오페라 공짜표가 생겼다며 같이 보자고 했다.

"〈투란도트〉 공연이야. 기분 전환하자."

다음 날 아침, 정은이 오페라를 보려고 준비하는데 전화가 왔다. 준규였다.

'무슨 일이지?'

정은은 전화가 끊길까 봐 서둘러 받았다.

준규는 극장에서 재밌는 영화를 한다며 정은에게 같이 보자고 했다.

"지금 당장?"

정은은 준규의 데이트 신청을 거절하기가 힘들었다. 시계를 봤다. 오페라 공연 시간까지는 아직 여유가 있었다.

정은은 부랴부랴 극장으로 달려갔다. 준규가 왜 자신에게 영화를 보자고 했는지 생각할 겨를 따윈 없었다.

정은을 발견한 준규가 주위를 두리번댔다.

"구경하다 들어가자."

정은은 준규를 따라 극장 로비를 돌아다녔다. 카페, 도넛 가게, 스낵바, 무인 발권기, 매표소. 특별할 것 없는 로비였다. 관광지도 아닌 곳을 왜 구경하자고 하는지 이해할 수가 없었다. 준규가 무언가를 기다리는 것 같기도 했다. 여러 의구심에도 정은은 준규 뜻을 존중했다. 정은은 준규에게 고백 문자에 대한 답을 묻고 싶었지만 자존심이 상해 묻진 못했다.

준규는 영화 시작 시간을 넘긴 뒤에야 극장 안으로 들어가자고 했다. 무언가를 찾는지 자꾸만 주위를 살폈다. 정은도 덩달아 주변을 둘러봤다.

"뭐 찾아?"

정은의 물음에 준규가 "너무 깜깜해서."라고 대꾸했다.

광고가 끝나지 않아 다행히 영화는 시작 전이었다. 준규는 자리에 앉아서도 안절부절못했다. 대체 무슨 일일까? 그것보다 왜 지혜 언니가 아닌, 자신과 영화를 보자고 했는지 궁금했다.

영화가 중반쯤 다다랐을 때, 정은의 전화가 울렸다. 다운이었다. 극장 관람객들 시선이 정은에게 꽂혔다. 준규는 큰 잘못이라도 저지른 것처럼 정은을 나무랐다.

"뭐 하는 거야?"

정은은 준규의 호통에 전원을 껐다. 스마트폰을 재킷 주머니에 넣는데 가슴이 갑갑했다. 결말에 이른 것 같은데 영화는 끝날 생각을 안 했다. 이 영화가 재미있다고? 태어나 이렇게 지루한 영화는 처음이었다. 영화가 길어도 너무 길었다. 오페라가 몇 시였더라? 정은은 준규에게 지금 시각을 물어보고 싶었지만 내키지 않았다. 아직은 시간이 남았을 터였다.

지겨웠던 영화가 끝나고 극장 밖으로 나왔다. 스마트폰 전원을 켜려는데 준규가 카페 쪽으로 정은의 팔을 잡아당겼다. 어영

부영 끌려가는데 카페 옆 도넛 가게에 지혜 언니가 보였다. 언니는 친구와 함께 도넛을 고르고 있었다.

준규가 느닷없이 큰 소리로 물었다.

"정은아. 아이스 아메리카노?"

소리가 커도 너무 컸다. 로비에 있던 사람들 몇몇이 준규와 정은 쪽으로 고개를 돌렸다. 지혜 언니와 친구도 그중 하나였다. 지혜 언니와 정은의 눈이 마주쳤다. 지혜 언니 눈빛이 흔들렸다. 정은은 남의 물건을 훔치다 들킨 것처럼 죄책감이 들었다.

준규도 지혜 언니를 봤을 텐데 커피를 주문하기 바빴다. 둘이 싸운 걸까?

준규가 또 큰 소리로 물었다.

"정은아. 영화 재밌었지?"

'나 귀 안 먹었거든!'

그때 지혜 언니가 주문한 도넛도 받지 않은 채 친구와 화장실로 들어가 버렸다.

극장 건물 밖에서 준규가 정은에게 커피를 건넸다.

"고마웠어. 오페라 수업 때 보자."

정은은 기분이 이상했다. 아니, 나빴다. 뭔지 모르지만 크게 손해 본 느낌이었다. 커피를 잡은 손이 시렸다. 옷을 얇게 입은 탓인지 아이스 아메리카노 때문인지 몸이 거칠게 떨렸다.

집에 돌아와 준규와 있었던 일을 돌이켜 봤다. 짧은 시간이었지만 준규와 함께했던 시간이 억만 시간처럼 길게 느껴졌다. 억울하고 화가 나고 숨이 막혔다.

'인생 계획대로 안 되네.'라며 자주 푸념하는 엄마 목소리가 머릿속에서 울렸다.

정은은 준규에게 이용당했단 느낌을 지울 수가 없었다. 갑자기 '준규는 어떤 아이일까?'란 의문이 들었다. 빗소리가 들리고 저녁 어스름이 방 안을 기웃거렸다. 맞다! 정다운!

정은은 서둘러 스마트폰 전원을 켰다. 다운에게 수십 통의 전화와 톡과 문자가 와 있었다. 톡과 문자를 시간순으로 읽는데 다운의 감정이 고스란히 느껴졌다.

> **진정은. 너 정말 너무한다.**

다운의 마지막 문자에 정은은 명치끝이 뻐근하고 아팠다.

다운에게 전화를 했다. 받지 않았다. 미안하다는 문자와 톡을 보내도 답이 없었다.

다음 날 새벽, 정은은 눈을 뜨자마자 청라산 입구로 달려갔다. 다운은 늘 만나던 시간이 넘었는데도 나타나지 않았다. 산장에도 가 보았지만 다운은 없었다. 먼지 쌓인 의자만 덩그러니 놓여 있었다. 정은은 먼지를 일으키며 풀썩 의자에 앉았다. 다운 없이 혼자 산장에 있기는 처음이었다. 다운과 함께 노래하고 녹음했던 일이 먼 옛일처럼 여겨졌다.

새벽바람이 산장 통나무 틈새로 들어왔다. 벽에 붙은 악보들이 바람에 달싹였다. 다운이 정은에게 노래를 가르쳐 줄 때 붙인 악보였다. 악보 위에 쓰인 다운의 못난 글씨를 보자 웃음이 나왔다. 정은은 바람에 차가워진 손을 비볐다. 다운이 늘 챙겨 주던 핫팩과 따뜻한 물이 그리웠다.

나뭇가지로 거미줄을 걷어 내던 정은은 손바닥이 꼬집힌 것처럼 따끔했다. 가시였다. 나뭇가지 가시가 손바닥 한가운데 박혔다. 의자에 앉아 가시와 씨름했다. 가시는 빠질 듯 빠질 듯 빠지지 않았다. 손톱 끝으로 잡아당기고 학생증으로 힘을 줘 밀어도 요지부동이었다. 빈 산장에서 가시와 사투를 벌이는 자신이 조금 우스웠다. 사랑도 계획한 대로 되리라 믿었던 자신이 어리석었다.

정은은 가시를 빼다 말고 다운에게 톡을 보냈다.

> 준규가 갑자기 영화 보자고 해서 못 갔어. 미안해. 난 정말 나쁜 년이야. 날 용서하지 마.

예상대로 다운은 답장을 보내지 않았다.

정은은 온 힘을 다해 가시를 뺐고, 끝내 빠졌다. 가시는 손바닥에 박혔을 때 느꼈던 것보다 터무니없이 작았다. 정은은 자신에게 물었다.

'넌 진실했니?'

오페라 선생님에게서 전화가 왔다.

"진정은. 너 손가락 여섯 개야? 첫날 내가 했던 말 기억나지? 역할 맡아 놓고 무책임하게 결석하면 안 돼. 공연 망치면 네가 책임질 거냐? 내일 꼭 나와라. 흐흐흐."

선생님은 자기 할 말만 하고는 전화를 끊었다.

어이가 없었다. 선생님이 협박하지 않아도 수업에 나갈 작정이었다. 다운의 얼굴을 직접 보고 사과해야 했다.

다음 날, 오페라 수업에 나갔는데 다운이 없었다. 집으로 돌아가려는데 선생님이 울먹였다.

"너희 왜 자꾸 돌아가며 결석이야. 공연 망치고 싶냐?"

울상을 한 선생님이 정은을 원망스러운 눈으로 쳐다봤다. 집에 가겠다는 말이 안 나왔다. 정은은 어쩔 수 없이 준규와 지혜 언니를 피하며 연습했다.

오페라를 끝내고 집으로 가는데 준규가 정은을 불렀다. 정은은 못 들은 척 더 빨리 걸었다. 준규가 쫓아오는 소리에 뛰다시피 걸었다.

"야. 진정은! 같이 가!"

준규가 헉헉대며 옆에 섰다.

정은은 앞만 보고 빠르게 걸었다. 아무래도 화가 풀리지 않았다.

"나랑 사귈래?"

준규의 뜬금없는 고백에 정은은 걸음을 멈췄다. '꿩 대신 닭이냐? 한라봉 대신 귤이냐?'라고 따지고 싶었지만 그놈의 자존심 때문에 그러질 못했다.

"좋지?"

준규가 정은 앞에 얼굴을 디밀고 물었다.

정은이 그토록 기다리던 순간이었다. 하지만 쉽게 입이 떨어지지 않았다. 준규의 진심을 못 믿는 것도 있었지만 그보다는 다른 무언가가 입을 막았다.

"오늘 밤까지 답 줘라. 잘 가!"

준규가 손을 흔들며 자리를 떠났다. 준규의 뒷모습이 멀어져 갔다. 정은은 그 자리에서 한참을 붙박인 채 서 있었다.

정은은 침대에 누워 뒤척였다.

많은 질문과 답이 오가고 밤이 되었다. 정은은 침대에서 일어나 준규에게 전화를 걸었다. 그리고 진심을 말했다.

전화를 끊은 정은은 오래 박혔던 가시를 빼낸 것처럼 속이 후련했다.

다운의 사랑

다운은 초등학교 때부터 눈여겨봤던 프로그램을 신청하러 이룸아트홀로 향했다. 아트홀 입구에서 같은 반 친구인 강준규를 만났다. 준규도 다운처럼 오페라 가수가 꿈이었다.

"이거 신청하러 왔냐?"

준규가 〈토요 문화스쿨 '청소년 무료 오페라' 단원 4기 모집〉 전단지를 내보였다.

"너도?"

"생기부 빈칸 좀 채울까 하고."

준규가 심드렁하게 말했다.

준규와 헤어진 다운은 아트홀 안으로 들어갔다. 오페라 선생님이 웬 여자애에게 열변을 토했다. 작년에도 단원 모집이 안 되서 애먹었다던데 올해도 비슷한 모양이었다. 다운은 가까운 테이블에 앉아 얘기가 끝나길 기다렸다.

선생님 목소리가 잦아들고 여자애가 혼이 나간 얼굴로 아트홀 밖으로 나갔다. 선생님은 오페라에 관심 있는 아이들 사이에서 유명했다. 막무가내 영혼 털이범으로.

"왔냐?"

선생님이 다운을 보고 알은체했다. 다운은 초등학교 1학년 때부터 오페라 관람을 해 왔던 터라 선생님과 안면이 있었다.

다운이 꾸벅 인사하고는 오페라 단원 신청서에 제 이름을 썼다.

"드디어 다운이도 신청하는구나. 꼬맹이가 벌써 중학생이 됐어."

선생님이 세월이 빠르다, 유수와 같다, 한순간이다 같은 말을 늘어놓는 동안 다운은 신청인 명단을 살폈다. 제 이름 위에 아까 보았던 여자애 이름이 쓰여 있었다. 진정은. 다운은 정은의 이름을 입속에서 되뇌었다. 영혼을 털린 듯한 정은의 얼굴이 머릿속에 머물렀다.

오페라 수업 첫날, 다운은 전날 알바가 늦게 끝나는 바람에 늦잠을 자고 말았다. 세수만 하고 아트홀로 오느라 볼일도 보지 못했다. 급하게 화장실로 들어가는데 무언가가 다운의 몸을 들이받았다. 뿔에 받치기라도 한 것처럼 늑골이 욱신댔다.

다운은 갈비뼈 언저리를 어루만지며 자신과 부딪힌 무언가를 내려다봤다. 그 여자애였다. 진정은. 안경을 벗은 모습이었지만 단박에 알아보았다. 다운이 손을 뻗어 정은을 일으켰다. 정은이 다운을 쳐다봤다. 정은의 까만 눈동자. 다운은 막대처럼 몸이 굳었다. 정은이 제 옆을 지나 공연장으로 뛰어가는데도 꼼짝할 수가 없었다.

정신이 든 다운은 공연장 안으로 들어갔다. 정은이 보였다. 준규 뒷자리에 앉았는데 그쪽으로 갈 엄두는 나지 않았다. 다운은 정은이 앉은 줄 맞은편 끝에 앉았다. 선생님이 무어라 말하는데 귀에 들어오지 않았다. 정은에게만 눈이 갔다.

'왜 이러지?'

다운은 처음 겪는 일에 혼란스러웠다.

아이들이 차례로 자기소개를 하고 노래를 불렀다. 오디션을 보는 모양이었다. 준규 녀석도 무대에 올랐는데 실력이 상당했다.

정은이 무대에 올랐다. 주황빛 조명이 정은에게로 쏟아져 내렸다. 다운은 너무 눈이 부셔 실눈으로 정은을 바라봤다. 정은이 똑 부러지게 자기소개를 하고 노래를 불렀다. 목소리가 정말 예뻤다. 선생님의 짓궂은 아재개그도 쿨하게 웃어넘겼다. 멋진 애였다. 다운은 넋 놓고 정은을 바라보느라 선생님이 자신의 이름을 세 번이나 부른 뒤에야 자리에서 일어났다.

다운은 손에 밴 땀을 추리닝 바지에 닦으며 자신을 소개했다. 무대 위에서 떨린 적이 없었는데 이상했다. 머릿속이 새하얘지는 바람에 노래를 어떻게 시작하고 끝냈는지 기억도 나지 않았다.

오디션이 끝나고 선생님이 배역을 발표했는데 다운은 남자 주인공을 맡았다. 칼라프는 준규가 맡을 거라 생각했는데 뜻밖이었다.

준규 얼굴에 실망한 기색이 역력했다. 준규는 반에서도 무엇이든 일등을 놓치는 법이 없었다. 준규와 선생님이 무대 뒤에서 얘기를 나누고 왔다. 준규가 맡은 배역에 불만을 토로한 모양이었다. 얘기 끝에 준규는 정해진 배역을 따르기로 했다. 선생님의 막무가내 토크를 이길 자는 없었다.

정은은 목소리에 어울리는 배역을 맡았다. 류. 다운이 가장 좋아하는 캐릭터였다.

배역을 정한 뒤 연습실에서 발성 연습을 했다.

아아아아아.

다운은 전신 거울로 맨 뒷자리에 선 정은을 훔쳐봤다.

에에에에에.

왜 정은에게 자꾸만 눈이 갈까?

오오오오오.

왜 계속 정은이 보고 싶을까?

우우우우우 하고 입술을 내민 정은은 정말 귀여웠다.

둥그렇게 앉아 간식을 먹는데 정은이 맞은편에 앉았다. 부끄러워 앞쪽을 볼 수가 없었다. 간식이 입으로 들어가는지 코로 들어가는지 알 수가 없었다. 옆에 앉은 준규에게 실없는 농담만 던졌다. 그렇게라도 무안한 상황을 흘려보내고 싶었다. 준규와 농담을 주고받으면서도 정은을 힐끔댔다. 정은이 오렌지 주스를 쪽쪽 소리 나게 먹었다. 주스 먹는 모습도 귀여웠다.

준규가 작은 목소리로 정은에 대해 얘기했다.

"저기 앞쪽 앉은 여자애. 나랑 같은 수학 학원 다니는데 여기서도 보네."

다운은 정은을 흘낏 보고는 준규 쪽으로 고개를 돌렸다. 정은이 준규와 같은 학원에 다닌다니. 부러운 녀석.

합창 연습을 두어 번 더 하고 수업이 끝났다. 준규와는 집 방향이 달라 아트홀 앞에서 헤어졌다. 집에 가는데 귀에 익은 목소리가 다운을 불렀다. 예쁜 목소리. 잘못 들었나 싶어 다시 걷는데 정은이 또다시 다운의 이름을 불렀다.

다운은 막대처럼 꼿꼿하게 굳은 몸을 가까스로 돌려 정은을 바라봤다. 어둠 속에서 안경 너머 정은의 까만 눈동자가 별처럼 반짝였다.

정은이 같은 동네에 산다는 말에 다운은 신이 나서 풀쩍풀쩍 뛰고 싶은 심정이었다. 정은이 먼저 다가와 말을 걸고, 한 동네에 살고. 모든 게 정해진 시나리오 같았다. 하늘에서 내린 인연일까? 이 생각 말고는 논리적으로 설명할 길이 없었다.

정은의 까만 눈동자를 보는 다운의 심장이 거칠게 뛰었다. 일정하게 뛰던 심장이 팔분음표, 십육분음표, 삼십이분음표, 육십사분음표로 걷잡을 수 없이 빨라졌다.

정은이 다운과 나란히 걸으며 말했다.

"화장실 사건 잊어. 어디다 소문내지 말고."

다운이 고개를 끄덕였다. 하지만 잊을 수는 없었다. 정은의 초롱초롱한 까만 눈동자를 처음 본 그때를 어떻게 잊을 수 있겠는가.

정은이 다운에게 무언가 몇 가지 물었는데 다운은 정은의 눈동자와 자신의 심장 소리 때문에 제대로 듣지도, 답하지도 못했다. 정은과 헤어지고 나서야 후회가 밀려왔다. 말 한마디 제대로 못 한 자신이 바보처럼 느껴졌다.

다운은 멀어져 가는 정은을 보며 다짐했다.

'다음엔 많이 말해야지.'

정은과 준규, 선생님이 앙상블 연습을 위해 작은 연습실로 들어갔다. 큰 연습실에서 합창 연습을 하던 다운은 물을 먹으려고 정수기 쪽으로 왔다. 작은 연습실 앞이었다. 저도 모르게 연습실 문에 귀를 기울였다. 방음 처리 때문에 잘 안 들렸지만 어렴풋이 웃음소리 같은 게 들렸다. 정은이 웃었나? 넉살 좋은 준규가 정은을 웃긴 걸까? 준규는 반 여자애들한테 인기가 많은 편이었다. 여자친구가 자주 바뀌었는데 솔로인 적이 거의 없었다. 불길한 예감이 들었다.

다운은 걱정에 휩싸여 물도 마시지 못한 채 연습실로 돌아왔다. 연습실에 돌아와서도 노래에 집중하기가 힘들었다.

선생님 대신 합창 연습을 지휘하던 지혜 누나가 다운을 나무랐다.

"정다운. 너 자꾸 삑사리 낼래? 아리아 못지않게 합창도 중요해. 개인행동 하지 마."

중3인 지혜 누나는 중1 때부터 오페라 프로그램에 참여한 베테랑이었다. 얼굴도 예쁘고 노래도 잘해 초등학생들에게도 인기가 많았다. 다운도 작년에 친구들을 따라 잠깐 좋아했었다.

지혜 누나에게 혼이 나고도 다운은 불안감을 떨쳐 내지 못했다. 정은과 준규가 마주 보며 웃고 손잡고 노래하는 모습이 머릿속에서 떠나질 않았다. 이러다 머리가 터지는 게 아닐까 걱정됐다.

다운을 짓누르던 근심은 집에 가는 길에 씻은 듯이 사라졌다. 정은이 다운에게 손을 내밀었다. 육체적 손이 아니라 마음의 손.

정은은 노래가 너무 어렵다며 다운에게 상담을 요청했다.

"어떡하면 잘할 수 있을까?"

상대에게 속마음을 털어놓으려면 믿음이 기본이다. 믿음은 호감이 없으면 불가능하다. 정은이 다운에게 고민을 말한 건 다운에게 호감이 있다는 뜻이었다.

다운은 비어져 나오는 웃음을 참으며 정은의 이야기에 귀를 기울였다. 성심껏 들어 주고 정성껏 답해 주었다. 자신이 알고 이해하는 모든 지식과 지혜를 동원해 정은을 돕고 싶었다. 그리고 대화가 끊기면 정은과 헤어질까 봐 쉬지 않고 이야기했다.

집에 돌아와서는 정은에게 더 많은 도움을 주지 못한 것 같아 아쉬웠다. 방에 누워 정은을 도울 방법을 고민했다. 방도가 떠올랐고 정은에게 제안했는데 좋다고 했다.

다운은 눈을 감아도 정은이 생각나고 눈을 떠도 정은이 떠올랐다. 다음 날 정은을 만날 생각에 잠도 오지 않았다. 새벽까지 뒤척이다 인터넷으로 검색해 공부도 했다. 정은에게 멋진 모습을 보여 주고 싶었다.

잠을 서너 시간만 자고 일찍 청라산으로 향했다. 밤새 준비한 내용을 연습하며 정은을 기다렸다. 멀리 정은이 보였다. 단발머리에 교복을 입은 정은은 추운지 몸을 잔뜩 움츠렸다. 다운은 준비한 보온병을 손에 꼭 쥐었다.

알바하는 편의점에서 가장 비싼 생수를 사 끓인 물이었다. 다운은 평소에 아무 물이나 먹었지만 정은에게는 왠지 그러면 안 될 것 같았다.

정은이 다운에게 가까이 올수록 다운의 심장은 크레셴도로 뛰었다. 입이 바싹바싹 말랐다. 정은이 코앞에 왔을 땐 심장이 귓속에 든 것처럼 소리가 커졌다.

그런데 정은의 목소리가 날카로웠다. 추위엔 장사가 없으니 당연했다. 다운은 보온병 물을 따라 정은에게 건넸다. 몸이 데워져 기분이 나아졌는지 정은이 주위를 둘러봤다. 정은의 눈길이 코스모스를 향했다.

다운은 인터넷으로 알아본 코스모스 정보를 정은에게 들려줬다.

"코스모스 꽃말이 순정이래."

정은이 다운의 이야기를 들으며 코스모스 사잇길로 걸어 들어 갔다. 인터넷 검색 결과, 대부분의 여자들은 똑똑한 남자를 좋아 한다고 했다. 다운은 정은에게 코스모스에 대한 지식을 빠짐없 이 이야기했다.

정은은 청라산을 마음에 들어 했다. 다운은 꼭 자신을 마음에 들어 하는 것 같아 뿌듯했다. 그런데 산장에서 연습하자는 다운 의 말에 정은이 실망감을 드러냈다.

"비결이 고작 연습이었어?"

다운은 이대로 정은과 헤어지고 싶지 않았다. 기회를 놓치고 싶지 않아 필사적으로 매달렸다. 정은에게 반복 연습의 중요성 에 대해 강력하게 주장했다. 정은이 다운의 말에 공감했고 둘은 산장으로 향했다. 다운은 가슴을 쓸어내렸다.

가까이 산장이 보였다. 다운은 작년 가을에 산장을 처음 발견 했다. 엄마의 유방암이 재발하고 병원비를 감당하느라 오페라 레 슨도 끊고 미래가 불투명해진 시점이었다. 친구들보다 일찍 꿈 을 발견했고 꿈을 향해 열심히 노력했는데 암담했다. 거대한 벽 에 부딪힌 느낌이었다. 어떤 날은 산장에서 펑펑 울었고 어떤 날 은 멍하니 앉아 있었고 또 어떤 날은 목이 찢어져라 소리치고 욕 을 했다.

산이 조성될 때 무슨 용도로 산장을 만들었는지는 모르겠지만 이용자가 없었다. 다운은 올봄부터 홀로 산장에서 노래 연습을 했다. 답답할 때나 연습하고 싶을 때만 찾아와 노래했다. 정은에게는 매일 찾아와 성실하게 연습한 것처럼 말했지만.

며칠 안 왔더니 산장에 거미줄과 먼지가 수북했다. 정은이 산장 문 앞에서 어정쩡하게 서 있었다. 다운은 미리 청소해 둘걸 후회하며 나뭇가지로 거미줄을 걷었다. 제집에 정은을 초대하기라도 한 것처럼 쑥스럽고 설렜다. 정은에게 의자를 권했지만 사양했다. 먼지가 심하긴 했다.

다운은 서둘러 가방을 뒤졌다. 의자 위에 깔 만한 물건을 찾는데 손수건이 보였다. 무시하고 교과서를 꺼내려는데 자꾸만 손수건에 눈이 갔다. 정은을 붙잡고 싶은 마음을 엄마도 이해해 주겠지.

다운은 먼지가 수북한 의자 위에 하얀 손수건을 깔았다. 엄마가 입원하기 전 다운의 생일날 선물한 손수건이었다. 그런데 정은이 오글거린다며 웃었다. 역시 손수건은 오버였다. 그래도 엄마가 준 손수건인데. 마지막 선물일지도 모를.

정은과 함께 노래를 부르고 녹음했다. 늘 혼자였던 산장에서 정은과 노래 연습을 하다니. 다운은 자신이 전생에 나라를 몇천 번은 구한 영웅일 거라고 생각했다. 그런데 정은과 단둘이 산장에 있다는 사실을 떠올리면 순식간에 막대가 되었다. 입이 떨어지지 않을 만큼 떨렸다.

연습을 끝내고 산을 내려올 때는 마음이 조금 안정되어 정은에게 나무와 꽃에 대해 얘기했다. 정은이 그런 걸 다 어떻게 아느냐며 놀란 얼굴을 했다. 재밌는지 고개까지 끄덕이며 이야기를 들었다. 밤새 공부한 보람을 느꼈다. 더 열심히 공부해야겠다고 다짐했다.

오페라 시간에 정은에게서 더 열심히 연습하자는 톡이 왔다. 정은은 적극적이라 항상 다운에게 먼저 손을 내밀었다. 용기 내다가오는 정은에게 고마운 마음이 들었다.

다운은 지금껏 알바를 하느라 친구들과 놀 시간이 없었다. 산장에서도 혼자 외롭게 연습했다. 그래서인지 정은과 함께 하는 시간이 더욱 소중하고 감사했다.

알바를 끝내면 걷잡을 수 없이 잠이 쏟아졌다. 찬물로 세수하고 손바닥으로 얼굴을 때려 가며 잠을 쫓았다. 정은과 연습할 부분을 예습할 시간이 필요했다. 정은에게 매일매일 선물 같은 시간을 주고 싶었다.

다운은 모아 놓은 돈으로 정은에게 줄 핫팩도 사고 악보도 복사하고 머리도 깎았다. 정은에게 멋진 모습을 보여 주고 싶었다. 평소와 같은 시각에 청라산 입구로 갔는데 정은이 먼저 와 기다리고 있었다. 늦었나 싶어 시간을 봤는데 늦지 않았다. 정은이 일찍 온 모양이었다. 열심히 연습하고 발전해 가는 정은이 자랑스러웠다.

다운은 복사한 악보를 산장 벽에 나란히 붙였다.

"이 부분에서 숨을 들이마시는 거야. 노래는 호흡이 중요해. 숨을 언제 얼마나 들이마시고 내쉬느냐가 노래 질을 좌우하거든. 여기하고 여기, 또 여기."

다운은 악보에 숨 쉴 부분을 표시했다.

정은이 다운의 글씨를 보고 웃었다.

"유치원생 글씨 같아."

"천재는 악필이라잖아."

다운의 농담에 정은이 말도 안 된다며 웃었다.

다운은 정은에게 호흡할 때 횡격막의 변화도 설명해 주었다. 그런데 실수로 정은의 배를 손가락 끝으로 건드리고 말았다. 정은은 느끼지 못했는지 별다른 반응이 없었다. 다운은 오른손 검지는 죽을 때까지 씻지 않으리라 결심했다.

"오페라 선생님하고 친구들이 칭찬하니깐 살 것 같아."

정은이 환하게 웃었다.

다운은 정은의 웃음에 어깨춤이라도 추고 싶었다. 더 열심히 알려 줘서 정은을 더 많이 웃게 하고 싶었다. 자신이 아는 모든 것을 정은에게 주고 싶었다.

정은은 류처럼 되고 싶다고 했다. 다운은 칼라프처럼 되고 싶었다. 사랑을 위해 순정을 바치는.

산을 내려오던 정은이 배가 고프다며 떡볶이를 먹자고 했다.

자줏빛 코스모스 사잇길로 들어섰다. 다운은 마른침을 삼키며 스마트폰에 연결한 이어폰 한쪽을 정은에게 건넸다. 정은이 별말 없이 귀에 이어폰을 꽂았다. 다운도 서둘러 이어폰을 꽂고 플레이 버튼을 눌렀다. 집에서 수없이 연습했지만 손가락 끝이 떨렸다. '루치아노 파바로티'의 음성이 다운의 귓바퀴 안으로 흘러들었다. 정은의 입꼬리가 슬며시 올라갔다.

허리에 닿은 코스모스가 바람을 따라 한들거렸다. 승리를 확신하는 칼라프의 아리아 〈네순 도르마〉*가 코스모스 사이를 걷는 다운과 정은의 귓속을 울렸다.

분식집 의자에 앉은 정은이 말했다.

"난 스트레스 받을 때마다 캡사이신 떡볶이 먹어."

"나도."

다운은 거짓말을 하고 말았다. 매운 음식이라면 질색이었다.

"진짜? 우리 닮은 점이 정말 많다. 류 좋아하는 것도 똑같고 떡볶이 취향도 똑같고."

정은이 까만 눈동자를 빛내며 웃었다.

다운은 저도 모르게 고백하고 말았다.

---

* 〈네순 도르마(Nessun dorma)〉는 투란도트 공주가 낸 세 개의 수수께끼를 맞힌 칼라프가 투란도트에게 날이 밝기 전에 자신의 이름을 맞춰 보라며 승리에 차 부르는 아리아이다.

"너 예뻐."

"뭐?"

"아. 목소리 정말 예쁘다고."

정은이 오글거린다며 깔깔 웃었다.

다운은 자책했다.

'아. 이번에도 오버했구나.'

정은이 떡볶이를 오물오물 씹으며 말했다.

"준규, 여자애들한테 인기 많다며?"

"잘생기고 못하는 게 없으니까."

다운은 너무 매워서 머리가 어지러웠다.

"사귀는 애는?"

"모르겠어. 정은아. 나 잠깐 화장실 좀."

다운은 화장실에 가서 물을 벌컥벌컥 마셨다. 거울에 비친 얼굴이 가관이었다. 벌겋게 달아오른 얼굴과 부푼 입술이 성난 복어 같았다.

오페라 수업 시간에 일찍 온 다운은 정은이 놓고 간 악보집에서 틀린 가사를 몇 개 발견했다. 정은이 오기 전에 서둘러 가사를 고쳤다.

"뭐 해?"

정은이었다. 다운은 놀란 나머지 악보집을 떨어뜨리고 말았다.

정은이 주워 든 악보집을 펼쳐 들고 웃었다.

"천재 님 글씨는 알아줘야 한다니까."

다운은 정은이 놀려도 기분이 좋았다.

"정다운. 일찍 왔네."

준규가 다운 옆에 앉았다.

정은은 못 볼 거라도 본 사람처럼 벌게진 얼굴로 연습실 밖으로 나갔다. 다운은 정은이 사라진 문밖을 멍하니 바라봤다.

드디어 정은이 집에서도 노래를 녹음해 다운에게 보냈다. 다운은 자신의 느낌과 개선 방향을 정성껏 써서 정은에게 톡으로 보냈다.

> 앞부분에서 숨을 더 깊이 마셔야겠더라. 숨을 뱉는 부분에선 노래를 앞으로 밀어 보낸다는 느낌으로 해 봐.
>
> 생각만큼 잘 안 되네.
>
> 좀 더 연습하면 될 거야. 입을 둥글게 벌리는 것도 중요해.

다운은 늦은 밤까지 정은과 톡을 주고받았다. 집에 아무도 없는 밤이 더는 외롭지 않았다.

정은과 톡을 끝내고 정은이 녹음해 보낸 노래를 들었다.

'정은이 목소리를 매일 들을 수 있다면……'

다운은 정은과 결혼해 함께 아기를 키우는 모습을 상상했다. 피식피식 웃음이 나왔다. 며칠 전 스마트폰으로 찍은 사진을 보았다. 공연장 연습을 기록으로 남기려고 했는데 저도 모르게 정은을 찍었다. 사진 속 정은이 다운을 보고 환하게 웃었다.

'정다운. 너 스토커냐?'

다운은 정은의 사진을 보다 잠들었다.

오페라 공연을 한 달 앞둔 토요일. 정은이 울었다. 스마트폰 너머에서 들리는 정은의 울음소리에 다운은 가슴이 찢어질 것 같았다. 정은을 웃게 하려고 노력했던 일들이 물거품처럼 사라졌다. 기다렸다는 듯 외면했던 일이 날 선 모습을 드러냈다.

다운은 알았다. 정은이 왜 우는지.

준규 때문이었다. 준규 자식에게 화가 났다. 정은도 미웠다.

'왜 준규 같은 자식을 좋아하는 거야!'

다운은 정은이 오페라를 그만둘까 봐 겁이 났다. 그러면 다시는 정은을 볼 수 없을 테니까.

정은이 준규 때문에 오페라를 관두는 건 말도 안 된다. 정은의 눈물을 멈추게 하고 싶었다. 까만 눈동자에서 슬픔을 거두고 싶었다.

다운은 가슴에 품었던 코스모스 한 송이를 정은에게 건넸다.

순정. 다운의 마음이었다.

코스모스를 받아 든 정은이 말했다.

"다운아. 넌 여친 생기면 잘해 줄 거야. 네 여친이 부럽다."

정은은 또다시 다운의 가슴을 갈기갈기 찢어 놓았다.

다운은 코스모스를 내려다보는 정은을 안타까운 마음으로 바라보았다.

'진정은, 너 진짜…….'

학교 식당에서 준규가 다운 옆에 앉았다.

"지혜 누나가 날 찼다. 시바. 천하의 강준규를 차다니. 후회하게 만들 거야."

준규가 땅콩강정을 오독오독 씹었다. 그러다 말했다.

"야. 진정은 귀엽지 않냐?"

다운은 그제야 준규를 쳐다봤다.

"걔가 며칠 전에 문자 보냈더라고. 날 좋아한다나. 낄낄낄."

다운은 숟가락을 탁 소리 나게 내려놓았다.

"그래서?"

"뭘 그래서야. 나중에 심심하면 뭐 그때…….'

"이 새끼가!"

다운은 준규에게 주먹을 날렸다. 식판이 바닥으로 떨어지고 준규와 다운은 바닥을 굴렀다.

교무실을 나오며 준규가 다운에게 협박하듯 말했다.

"남 일에 신경 꺼라."

다운은 정은을 다시 웃게 하리라 마음먹었다. 알바해서 받은 돈으로 오페라 티켓을 샀다. 편의점 이모에게 사정사정해서 알바도 뺐다.

"공짜 표 생겼어. 보러 가자."

정은도 흔쾌히 수락했다.

정은을 만나는 날, 다운은 아침 일찍부터 미용실에 가서 머리를 다듬었다. 반듯한 앞머리가 맘에 들었다. 목욕도 깨끗이 하고 가장 깨끗한 추리닝으로 골라 입었다. 코스모스 꽃다발을 가방에 넣고 오페라 극장으로 향했다. 극장에 한 시간이나 일찍 도착했다.

극장 건물 앞에서 정은이 앞에 있다 생각하고 연습했던 말을 했다.

"정은아, 코스모스 꽃말 기억나? 순정. 난 평생 널 웃게 만들 자신 있어."

말을 끝내며 가방에서 꽃다발을 꺼냈다. 지나가는 사람들이 이상한 눈으로 다운을 쳐다봤다.

'오버겠지?'

다운은 오글대지 않는 말로 바꾸어 다시 연습했다.

"정은아, 코스모스 꽃말 기억나지? 내 마음이야."

너무 건조했다. 다운은 건조한 고백보다는 오글거리는 고백이 백배는 낫다고 생각했다.

다운은 정은이 어디쯤 오고 있을지 궁금해 전화를 걸었다. 정은이 전화를 받지 않았다. 다시 걸었다. 전화기가 꺼졌다는 기계음이 나왔다.

'배터리가 다 됐나?'

다운은 시간이 남았으니 기다리기로 했다. 정은이 자신을 잘 볼 수 있게 극장 앞쪽에 나가 있었다.

연인과 가족들이 오페라 극장 안으로 들어갔다. 세계적으로 유명한 〈투란도트〉 전문 배우들의 첫 내한 공연이었다. 다운은 정은이 아니었다면 엄두도 못 냈을 S석 티켓을 손에 쥐고 정은을 기다렸다. 공연 시간까지 얼마 남지 않았는데 정은은 전화도 받지 않고 오지도 않았다. 안 좋은 생각들이 떠올랐다. 정은에게 무슨 일이 생긴 것 같아 초조하고 불안했다.

'정은아. 대체 무슨 일이니?'

다운은 두 손을 모으고 정은에게 아무 일이 없기를 바랐다.

정은에게서 전화가 왔다. 받지 않았다. 미안하다는 문자와 톡이 왔지만 답하지 않았다. 다운은 방바닥에 드러누워 이불을 머리끝까지 뒤집어썼다. 비를 맞고 돌아다녀서인지 몸이 으슬으슬했다.

다운은 정은에게 마지막으로 보낸 문자를 다시 한번 들여다봤다. 준규와 전화를 끊고 화가 나 보낸 문자였다.

정은은 오페라 공연이 끝날 때까지도 극장에 나타나지 않았다. 정은의 전화기는 내내 꺼져 있었다.

다운은 준규가 정은의 집을 알까 싶어 전화했다.

"내가 그걸 어떻게 알아 새꺄. 전화 안 받아? 나랑 영화 볼 때 끄고 안 켰나?"

가슴이 쿵 내려앉았다. 몸이 가슴을 따라 땅 밑으로 가라앉았다. 지각을 뚫고 맨틀, 외핵, 내핵. 걷잡을 수 없이 침강했다.

다운은 불덩이 같은 몸을 끌고 청라산을 올랐다. 산장 쪽으로는 갈 수가 없었다. 산장을 보면 정은이 떠올랐다. 청라산을 도로 내려왔다. 내려올 산을 왜 올라갔을까. 자신이 한없이 바보처럼 여겨져 화가 났다.

정은에게 문자를 보냈다.

> 진정은. 너 정말 너무한다.

집으로 돌아가는 길에 비가 내렸다. 빗물이 머리와 옷을 차례로 적셨다. 함께 우산을 쓴 연인들이 다운 옆으로 지나갔다. 눈물인지 빗물인지 모를 물이 다운의 얼굴 아래로 흘러내렸다.

다운은 결국 감기에 걸리고 말았다. 몸이 아파 학교도 결석했다. 오페라 수업에 빠지겠다고 오페라 선생님에게도 톡을 보냈다. 선생님은 공연 앞두고 제발 몸 관리 좀 잘하라며 걱정과 호통이 섞인 답장을 보내왔다.

오전 내내 잠을 잤다. 수많은 정은에게 쫓기는 꿈을 꾸는 바람에 온몸이 땀으로 흠뻑 젖었다.

톡이 왔다. 정은이었다. 준규가 영화를 보자고 해서 오페라를 못 보러 갔다며 자신을 용서하지 말라고 했다. 다운은 너무 화가 나 이불을 발로 걷어차고 베개를 집어 던졌다. 그래도 분이 풀리지 않아 핫팩을 쓰레기통에 처박아 버렸다. 개수대 수챗구멍에 남은 생수를 왈칵왈칵 쏟아부었다. 베개에 얼굴을 묻고 소리쳐 울었다.

"진정은, 네가 뭔데 용서해라 마라야!"

감기약을 먹고 알바를 갔다. 상대를 정말 좋아한다면 어떡해야 하는 걸까?

다운은 정은을 위한 길을 택했다.

준규에게 전화를 걸었다.

"강준규. 잘 들어."

"새꺄. 밤늦게 웬 전화질이야."

"정은이가 너 좋아하는 거 장난 아니야."

"뭔 소리야?"

"새끼야! 정은인 진심이라고!"

다운은 화를 내며 전화를 끊어 버렸다. 더 길게 통화했다가는 준규 자식을 후려칠까 봐 겁이 났다. 정은을 놓지 못해 진상을 부릴까 봐 두려웠다. 혼자 멋진 척은 다 했는데 전화를 끊자마자 후회가 밀려왔다.

그래도 다운은 스스로를 위로하려고 애썼다.

"넌 원래 모솔이잖아. 알바도 해야 하고 노래도 불러야 하고 돈 모아 이탈리아도 가야지. 사랑 따위가 다 뭐야. 지금 네 형편에 어울리기나 해?"

가을 끝 무렵. 공연을 앞둔 아트홀 공연장은 분주했다. 무대에 〈투란도트〉 배경인 중국 풍경이 연출되고 조명이 설치됐다. 선생님은 음향 기기를 손보고, 배우들은 동선과 순서를 기억하며 리허설을 했다.

다운은 칼라프 의상을 입고 분장을 했다. 문자가 왔다. 정은이 보낸 녹음 파일이었다. 조용한 곳에 가 녹음을 들었다. 노래가 아니었다. 정은의 목소리가 스마트폰 너머에서 흘러나왔다.

"정다운. 안녕? 이 녹음이 마지막이 되려나? 청라산에 왔어. 음……. 지금까지 녹음 중에 가장 떨리네. 정다운. 다운아. 두 가지 소식이 있어. 있잖아. 나 꿈이 생겼어. 목소리가 예쁘다는 네 칭찬, 그거 듣고 꿈을 꾸게 됐어. 고마워. 그리고…… 나, 너 좋아해.

네가 좋아. 엄청."

녹음 파일이 끝났다. 더는 정은의 목소리가 들리지 않았다. 멀리 류 의상을 입고 분장을 한 정은이 보였다. 다운은 거칠어지는 호흡을 가다듬었다. 십육분음표, 팔분음표, 사분음표.

오페라 배우는 각자 자신의 배역에 맞는 목소리를 내야 한다. 다운은 이제껏 꺼내지 못한 자신의 목소리를 내기로 했다.

정은의 까만 눈동자가 다운을 바라봤다. 다운은 사랑을 위해 순정을 바치는 칼라프가 되기 위해 류에게 다가갔다. 은은한 코스모스 향이 공연장에 차올랐다. 어느 땐 메조 피아노로, 어느 땐 메조 포르테로.

눈 속을 둘이서

김정미

그깟 내기가 뭐라고

눈이 온다. 목화솜처럼 탐스러운 함박눈이 팔랑팔랑 흩날린다.

겉옷을 입기 전 창밖을 내다봤다. 15층에서 내려다본 세상은 꼭 거대한 빙수 같다. 얼음 가루가 쌓인 눈꽃 빙수 위를 자동차와 사람들이 미끄러지듯 움직였다. 마음 같아서는 숟가락으로 눈송이를 마구 헤집어 버리고 싶었다. 그렇게 하면 얼음 알갱이가 녹아내려 '흙탕물'이 되고 말 텐데.

옷장을 열고 코트와 점퍼 사이에서 망설였다. 아무래도 눈이 내리니 몹시 추울 것 같았다. 나는 날래게 검은색 패딩 점퍼를 꺼내 입고 거실로 나갔다.

엄마가 날 보며 한숨을 내쉬었다.

"숨은 쉴 수 있겠니? 스웨터에 패딩 점퍼에."

걱정하는 척하지만 내 패션을 비난하는 게 분명하다.

엄마는 사람들에게 센스 있다는 말을 자주 듣는다. 매 시즌 유행 아이템을 사서 걸치니 그럴 수밖에. 하지만 내 눈에 엄마는 옷을 사며 스트레스를 푸는 직장인에 불과하다. 진정한 패셔니스타는 몇 가지 아이템만으로도 멋을 낼 줄 안다. 하지만 엄마는 죄다 사고 본다. 오늘도 보나 마나 집 앞에 택배 상자가 가득 쌓이겠지.

"눈 금방 녹을 거야. 엄마가 40년 가까이 살았는데 그걸 몰라? 칙칙한 점퍼 말고 보라색 코트 입고 가. 너 보라색 좋아하잖아."

엄마는 아직도 날 잘 모른다. 보라색에서 파란색으로 갈아탄 게 언제인데. 다행히 새 코트는 색깔만 빼면 심플해서 딱 내 취향이다. 하지만 이상하게 엄마가 입으라니까 입기 싫다.

"다녀오겠습니다!"

서둘러 집을 나섰다.

엘리베이터 안에서 유하에게 메시지를 보냈다. 영화 티켓과 팝콘 세트 기프티콘도 함께.

> 강유하 Win! 설주아 Lost!

유하가 엉덩이 춤을 추는 곰돌이 이모티콘을 띄웠다.

> 땡큐! 드디어 첫눈이당! 선우 답장 왔떠?

애는 왜 하필 선우 얘기를 꺼내는 걸까?

아니.

짧게 답을 보내고 아파트를 나섰다. 찬바람에 코가 간질간질
하더니 어김없이 콧물이 줄줄 흘렀다. 이놈의 지긋지긋한 비염!
주머니에서 휴지를 꺼내 '킁' 콧물을 풀었다. 얼굴에 열이 오르는
것 같았다.

선우 생각만 하면 얼굴이 발개졌다. 설레거나 좋아서가 아니
다. 눈 속에 파묻히고 싶을 만큼 창피해서 그렇다. 마음 같아서
는 오늘 영어 학원을 빠지고 싶었다. 하지만 엄마가 가만히 지켜
볼 리 없다. 여차저차 빠졌다고 해도 악착같이 주말에 보충 수업
을 시키고 말 거다.

버스에 올라타자마자 핸드폰을 열었다. 유하가 또 내 속을 긁
어 놓았다.

분명 좋다고 할걸. 걔 너 보는 눈빛 장난 아니잖아. 흐흐.

마음 같아서는 이게 다 너 때문이라고 따지고 싶었다. 유하가
부추기지 않으면 고백 같은 건 안 했을 테니까.

유하는 학원에서 틈만 나면 선우 이야기를 했다.

"60도 방향. 하선우, 뜨거운 눈빛으로 설주아를 보고 있습니다. 아, 온몸이 타 버릴 것 같네요."

스포츠를 중계하는 아나운서처럼, 장난기 많은 동생처럼 목소리와 톤을 바꿔 가며 말했지만 메시지는 변하지 않았다. 선우가 날 좋아한다는 거다.

유하에게 세뇌된 것일까. 결국 나도 점점 정신 줄을 놓고 말았다. 친구들과 떠들 때도, 노래방에 갔을 때도 유심히 선우를 살폈다. 선우는 유달리 내게 다정했다. 내가 흘린 점퍼, 지갑 같은 것을 챙겨 주는 것도 선우였다.

선우를 떠올리는 시간이 많다 보니 선우가 다르게 보였다. 초등학생 때만 해도 나보다 키가 작았는데 어느새 훌쩍 컸다. 옆에 서면 내 머리가 선우의 어깨에 닿았으니까. 언젠가 장난으로 선우의 점퍼를 입었더니 주유소 앞 바람 인형처럼 소매가 이리저리 펄럭였다.

최근에는 수업 시간마다 선우와 여러 번 눈이 마주쳤다. 그때마다 선우는 내게 미소를 보였다. 보조개가 폭 파이도록 환하게. 그때 느꼈다. 미소만으로도 세상이 환해질 수 있구나.

어제 학원을 마치고 유하, 경민, 선우와 편의점에 갔을 때였다.

"설주아. 내일 함박눈 온대. 빨리 고백해."

유하가 작게 속삭였다. 하지만 나는 못 들은 척 딴청을 피웠다. 괜히 고백했다가 어색해지면 학원 생활이 불편해질 것 같았다.

우리는 나란히 앉아 창밖을 내다보며 컵라면을 먹었다. 눈물 콧물 흘리며 매운 라면을 먹는데 선우가 대뜸 휴지를 내밀었다.

"너 입가에 양념 묻었다."

선우 얼굴에 보조개가 폭 파였다. 그 순간 가슴이 쿵 내려앉았다. 저렇게 작은 우물에도 빠질 수 있다니.

'정말 꼬꼬마였는데.'

열한 살 선우가 머릿속에 떠올랐다. 사실, 아무에게도 말하지 않았지만 선우와 나는 한 차례 사귀었던 사이다. 한창 철없던 초등학교 4학년 때의 일이다.

선우는 쉬는 시간마다 자리에 앉아 책을 보던 조용한 아이였다. 다른 남자아이들처럼 그 흔한 축구도 즐기지 않았다. 틈만 나면 망아지처럼 교실을 뛰어다니는 내게 선우는 좀처럼 가까워질 수 없는 아이였다.

그해 겨울 방학, 독감이 유행해서 태권도 학원이 장기간 휴강에 돌입했다. 나는 좀이 쑤셔 동네를 휘적휘적 돌아다니다가 체육관으로 향했다. 반갑게도 문이 열려 있었다. 관장님은 어차피 아무도 없으니 맘껏 운동하고 가라고 했다. 나는 두꺼운 매트 위에서 구르고 뛰고 줄넘기를 했다.

그날 오후 선우가 찾아왔다. 겨울 방학에만 학원에 다니기로 했는데 휴강하는 바람에 아쉬워서 나처럼 한번 들러 본 것이었다.

그 후로 우리는 약속이나 한 듯 체육관에서 만났다. 나는 운동 신경이 없는 선우에게 태권도 동작을 가르쳐 주고, 줄넘기 2단 뛰기도 알려 줬다.

"두 팔을 몸통에 딱 붙여. 그리고 휙휙 줄을 돌리면서 폴짝폴 짝 뛰어. 이렇게!"

시범을 보였는데도 선우는 좀처럼 따라 하지 못했다. 하지만 내가 누구인가. 여섯 살 남동생에게 한글과 영어 알파벳을 가르친 장본인 아니던가. 나는 끈질기게 특별 훈련을 시켰고, 일주일 만에 선우는 2단 뛰기에 성공했다.

그날 선우가 고맙다며 떡볶이를 샀다. 맘껏 고르라는 선우의 말에 떡볶이랑 튀김, 순대까지 시켜 야무지게 먹었다. 분식집을 나서려는데 선우가 나중에 읽어 보라며 카드를 내밀었다. 거기에 사귀자는 글이 적혀 있었다.

도대체 사귀는 게 뭐지? 궁금했다. 언젠가 티브이에서 연애를 잘하려면 사람을 많이 만나 봐야 한다는 내용을 담은 방송을 봤다. 복습보다 예습을 중시하는 나는 선행 학습 하는 마음으로 선우와 연애를 시작했다.

하지만 사귀기 전이나 후나, 우리는 크게 달라진 게 없었다. 태권도장에서 함께 줄넘기를 하고 떡볶이나 햄버거를 먹은 후 헤어지는 게 다였으니까. 굳이 달라진 걸 꼽자면 선우가 내가 좋아하는 아이돌 스타의 얼굴이 새겨진 포스터, 공책, 스티커 등을 가져다줬다는 거다. 누나가 버린 걸 주워 왔다나 뭐라나.

하지만 곧 들통나고 말았다. 선우가 누나 것을 몰래 훔쳐 내게 바쳤다는 걸. 차곡차곡 모아 뒀던 물건들을 고스란히 반납하던 날, 찔끔 눈물이 났다. 내 일부가 덩어리째 뜯겨 나가는 것 같았다. 반면에 누나에게 귀를 잡혀 돌아가는 선우의 모습은 이상하리만큼 걱정되지 않았다.

그렇게 일주일간의 짧은 연애는 시시하게 막을 내렸다. 5학년에 올라가면서 우리는 다른 반이 됐고, 자연스레 멀어지고 말았다.

과연 우리가 사귀었다고 말할 수 있을까? 내가 생각하기에 연애란 이런 것이다. 밤늦도록 헤어지기 싫어 손을 놓지 않고, 카페나 영화관에서 데이트를 즐기는 것. 우리는 이 중 아무것도, 단 하나도 해 본 게 없다. 결정적으로 선우는 내게 남자라기보단 남동생 같은 존재였다. 줄넘기 2단 뛰기를 차근차근 가르쳐 줘야 하는 존재.

그런 선우에게 고백하다니! 열한 살의 설주아가 지금의 날 본다면 뭐라고 할까. 아마 머리를 쥐어뜯으며 이렇게 외치겠지. 너 완전 실수한 거야!

어제 집으로 가는 길, 채팅 창에 문자를 입력했다.

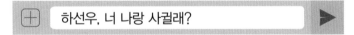

하선우, 너 나랑 사귈래?

썼다가 지웠다가 수십 번 하는 사이, 선우가 대뜸 메시지를 보냈다.

> 설쭈. 봉사 활동 점수 다 채웠어?

나는 그 말이 꼭 '보고 싶어'라는 뜻 같았다. 편의점에서는 봉사 활동의 '봉' 자도 꺼내지 않다가 헤어지자마자 이러는 건 분명 나랑 대화하고 싶다는 뜻이다.

> 아니. 왜?

> 나도 다 못 채웠거든. 너 가는 곳 있으면 따라가려고 ㅋㅋ

뭐? 날 따라간다고? 내가 지구 끝까지 가도 따라오겠다는 뜻이지? 순간 선우의 마음을 확신했다. 그래서 미리 써 뒀던 메시지를 보내고 말았다.

'하선우, 나랑 사귈래?'라는 글 아래 침묵이 계속됐다. 뭐야? 바로 좋다고 해야 하는 거 아닌가.

> 장난칠래?

선우가 답을 보냈다. 이때 '응, 장난이야.'라고 대꾸했다면 얼마나 좋았을까. 나는 괜히 욱해서 다다다다 문자를 입력했다.

> 농담 아니거등.

선우는 한동안 말이 없더니 5분 뒤 이렇게 글을 남겼다.

> 미안. 내일 대답해 줄게.

그 순간 머리가 '띵' 울리며 정신이 돌아왔다. 날 좋아한다면 사
귀자는 말에 바로 '오케이' 했을 거다. 내일 대답해 준다니. 이건
뭐, 게임 오버다. 컵라면 고르는 것도 아니고 이게 무슨 고민할
일인가. 더군다나 아까 편의점에서 선우는 누구보다 빨리 컵라
면을 골랐다.

> ⊞ 장난이거든. 그걸 믿 ▶

여기까지 썼을 때 그만 핸드폰 전원이 나가 버렸다. 나는 발을
쿵쿵 굴리며 머리를 쥐어뜯었다. 열다섯 살에 지울 수 없는 흑역
사를 쓰고 만 것이다!

집에 도착했더니 자정이 다 되어 있었다. 새벽에 메시지를 보내
는 건 예의도 아닐뿐더러 변명하는 것처럼 보일 것 같았다. 어쩔

수 없이 선우의 대답을 기다리는 처지가 되어 버렸다.

하늘을 올려다보며 기도했다.

'하선우가 오늘 학원에 오지 않게 해 주세요, 네?'

신이 대답이라도 하듯 쨍한 햇볕을 내려보냈다. 성가신 첫눈 따위, 어서 빨리 녹아 사라졌으면 좋겠다.

사실 지난주에도 눈 비슷한 게 내리긴 했다. 진눈깨비인지 우박인지 모를 하얀 알갱이들은 옷, 나뭇가지, 땅바닥에 닿자마자 녹아내리기 바빴다. 일기 예보에는 '눈사람'이 그려져 있었지만 유하랑 나는 눈사람이 아닌 '우산' 아이콘으로 받아들이기로 합의했다.

> 시시하게 진눈깨비에 우리 내기를 걸 순 없어. 함박눈 내리는 날까지다. 오케이?

유하의 제안에 동의했다.

'휴. 아직 시간이 있어.'

나는 그때까지만 해도 안도의 한숨을 내쉬며 채팅 방 공지 사항을 다시 읽었다.

 이달의 내기: 첫눈 내리기 전에 남자 친구 만들기.
(둘 다 성공하면 크리스마스에 함께 커플 데이트. 한 사람만 성공하면 실패한 사람이 영화 티켓+팝콘 세트 선물 주기. 둘 다 실패하면 같이 영화 보기.)
유하 등록

언제부터였을까. 단짝 유하와 매달 내기를 겨루게 된 것은. 분명한 건 처음에는 아주 사소한 일에서 시작했다는 거다.

"정문까지 빨리 뛰어간 사람이 떡볶이 쏘기! 콜?"

둘 중 한 명이 이렇게 외치면 그걸 신호탄 삼아 내기를 실행했다. 다른 아이들이 이상하게 보든 말든, 우리는 정문에 서서 숨을 헥헥 몰아쉬며 한참을 웃었다. 떡볶이는 누가 사도 그만이었지만 내기를 한 후 먹으면 차원이 달랐다. 한여름, 땀을 흠뻑 흘린 후에 마시는 물 같다고나 할까. 또 내기에서 이기기라도 한다면? 그날 먹는 떡볶이는 일급 요리사가 만들어 주는 즉석 떡볶이처럼 최고였다(물론 그런 걸 먹어 봤을 리 없지만 말이 그렇다는 거다).

우리는 그 후로도 경쟁하듯 내기를 주고받았다. 언젠가 '스쿼트 100번 하기'와 같은 내기를 했다가 고생한 후로 무조건 재밌는 내기만 겨루고 있다. 무조건 엉뚱하고, 재밌게! 실컷 웃을 수 있는 내기! 그렇게 우리는 노래방에서 0점 받기, 침 멀리 뱉기, 신발 멀리 던지기 같은 내기를 겨루고 마지막엔 꼭 떡볶이를 먹으러 갔다.

솔직히 유하가 올해의 마지막 미션으로 남자 친구를 만들자고 했을 때 어찌나 황당하던지 입이 떨어지지 않았다. 남자 친구 자리에 '떡볶이'나 '키링' 같은 단어가 놓였다면 얼마나 좋았을까.

지금 우리에게 중요한 건 공부다. 주변을 둘러봐도 학원에 다니느라 연애다운 연애를 하는 아이는 한 명도 없었다. 남자 친구와 사귄 지 100일이 되어도 고작 만난 건 두세 번뿐이거나 1년 넘게 사귀었는데도 키스도 못 한 애들이 많았다. 이럴 바에는 원할 때마다 목소리를 들려주는 아이돌과 연애하는 게 백배 아니 천배 낫다.

"병맛 내기의 진수를 보여 주지! 바로 남자 친구 사귀기! 이 정도면 고강도지? 흐흐흐."

유하가 느물느물 웃고 나서야 왜 이런 미션을 냈는지 이해됐다. '남자 친구 만들기'는 가장 황당하고도 난이도 높은 미션인 셈이었다.

첫눈의 기준을 함박눈으로 정정했는데도 내기는 진척이 없었다. 하지만 며칠 지나지 않아 진눈깨비든 함박눈이든 그게 그거인 게 되어 버렸다. 3일 전부터 유하가 경민이와 사귀기 시작했으니까. 그렇게 12월의 내기는 유하의 승리로 맥없이 끝나고 말았다.

버스에서 내렸을 때 눈은 절반 이상 녹아내려 있었다. 걸을 때마다 흙탕물이 튀어 올라 바짓단을 적셨다.

"주아야! 여기!"

학원에 들어서자 유하가 내게 손을 흔들었다. 다른 날 같았으면 쪼르르 달려와서 내 팔짱을 꼈을 거다. 하지만 유하는 경민이 옆에 철떡 붙어 있었다. 나는 경민이를 못 본 체하고 유하 옆으로 갔다.

"주아야, 내일모레 우리랑 같이 영화 볼래?"

유하의 말에 절로 인상이 찌푸려졌다.

"뭐?"

"크리스마스이브잖아. 우리랑 같이 보자앙."

유하가 팔짱을 끼며 애교를 부렸다.

"내가 왜 커플 사이에 끼냐? 됐거든!"

버럭 성질을 냈다.

"왜 화를 내고 그러냐?"

유하가 입술을 쭉 내밀었다.

나는 자리에 앉아 가방을 책상 위에 소리 나게 올려놓았다.

'뭐? 우리? 허!'

마음속으로 혀를 찼다. 이건 해도 해도 너무했다. 그동안 '우리'는 나와 유하를 뜻하는 말이었다. 하지만 어느새 경민이가 날 밀어내고 그 사이에 끼어들었다.

유하의 태도는 또 어떻고. 나는 유하가 내기에서 이기고 나면 경민이와 헤어질 줄 알았다. 분명 내기 때문에 사귀는 거라 했으니까.

하지만 유하는 요즘 이상하다. 아이라이너로 눈매를 진하게 그리질 않나, 엄마 향수를 몰래 뿌리질 않나. 학원에서 경민이만 보면 나사가 하나 풀린 아이처럼 긴 머리를 손가락으로 꼬며 비실비실 웃는다. 나랑 있을 때도 경민이와 대화를 나누느라 핸드폰에 빠져 있다. 또, 아직 두 달이나 남은 경민이의 생일 선물을 벌써부터 고민하고 있다. 이건 내기가 아니라 리얼이다. 지금 유하는 리얼 연애를 하고 있는 거다! 대체 날 놔두고 그딴 걸 왜?

'배신자!'

유하를 볼 때마다 티브이 드라마에서 볼 법한 대사가 마구 쏟아져 나왔다.

언젠가 엄마가 말했다.

"둘째가 태어나면 첫째는 엄청난 상실감을 겪는대. 꼭, 바람난 남편이 딴 여자를 데리고 집에 오는 것 같은 기분을 느낀다는 거야."

엄마는 동생이 태어나 조리원에 머무는 2주간 '첫째 충격 완화 프로젝트'를 구상했다고 한다.

"문밖에서 주호를 네 아빠에게 넘겼지. 나는 미리 준비해 둔 케이크와 인형을 들고 반갑게 '주아야!' 외치며 집으로 들어갔어. 그러고는 선물을 내밀며 '동생이 주아에게 주는 첫 선물이야.'라고 말했지. 어디 그뿐인 줄 아니? 한동안 엄마는 주호를 투명인간 대하듯 했어. 젖을 물릴 때도 너에게 허락받았지. '주아야, 동생이 배고파서 울고 있네. 맘마 줘도 될까?' 하고 말이야."

유하 역시 '설주아 충격 완화 프로젝트'를 진행해야 했다. 이경민이라는 존재를 내가 잘 받아들일 수 있도록 말이다.

그러고 보니 경민이를 볼 때마다 왜 엄마 말이 떠올랐는지 이제 알 것 같다. 경민이는 내게 '바람난 아빠가 데려온 처음 보는 아줌마' 같은 존재였다. 매일 학원에서 마주치고 수다 떠는 사이였다고 해도, 그때의 경민이와 지금의 경민이는 다르다. 며칠 전엔 그냥 재밌는 이경민이었다면 지금은 유하의 남자 친구 아닌가. 차원이 달랐다, 차원이.

"왜 째려보냐?"

경민이가 이렇게 말했다. 약삭빠른 놈! 그냥 얼굴 한 번 쳐다본 것뿐인데 부풀려서 말하기는. 유하와 나 사이를 완전히 방해하고 싶어 안달이 났다.

"내가 뭘!"

신경질을 내며 참고서를 꺼냈다. 곁눈질로 교실을 둘러봤더니 선우가 없었다. 신께서 내 소원을 들어준 모양이다. 하긴 하늘에서 날 보면 얼마나 가련할까. 하루아침에 단짝 친구를 뺏기고, 내기에서는 지고 말았는데.

"설쭈, 화 많이 났어?"

유하가 옆자리에 앉으며 코맹맹이 소리를 냈다. 내가 언제 화를 냈다고. 그냥 당황했을 뿐인데.

"하선우! 여기야 여기!"

경민이가 정문을 향해 요란하게 외쳤다. 얼떨결에 고개를 들었다가 선우와 눈이 마주쳤다.

"오! 왔다!"

유하가 내 팔짱을 끼며 웃었다. 큰 눈을 또르르 굴리며 웃는 유하. 문득, 이 상황을 즐기고 있단 생각이 들었다. 내기를 벌일 때, 흥미로운 일이 생겼을 때 유하는 항상 이렇게 웃었으니까.

나는 유하의 팔을 빼내며 교실을 나섰다. 꼭 우리 안에 갇힌 원숭이가 된 기분이었다.

"어디 가?"

유하가 복도로 따라 나왔다.

"쪽팔려서 그런다."

솔직히 유하가 아니었으면 선우에게 고백하지 않았을 거다.

"걱정 마. 선우도 분명 오케이 할 거니까. 우리 영화관에서 커플 데이트 하는 거다. 오케이?"

나는 뚱한 표정으로 유하를 쳐다봤다. 이제야 알 것 같다. 이번 내기의 방점은 내기가 아니라 남자 친구였다는 걸. 유하는 그저 경민이랑 사귈 핑계를 대느라 그런 엉터리 내기를 만든 거였다.

"자꾸 하선우랑 나랑 엮을래? 나도 멍청하지. 하선우한테 고백하다니. 그깟 내기가 뭐라고!"

유하 얼굴이 점점 어두워졌다.

"꼭 내가 등 떠밀어 고백한 것처럼 말한다? 너도 선우 좋아하잖아. 그리고 솔직히 너희 둘 커플 같아. 얼마 전 노래방에서도 그랬잖아."

며칠 전, 학원을 마치고 넷이서 코인 노래방에 갔다. 좁은 방에서 우리는 경쟁하듯 노래를 불렀다.

드디어 내 차례. 인생 최애곡, 〈유 앤 아이(you & I)〉를 골랐다. 노래가 시작하자 선우가 마이크를 들고 앞으로 나왔다. 감히 날 방해하려 하다니! 서둘러 선우를 밀어냈지만 녀석은 기어코 끼어들었다. 다행히 눈치는 있어서 랩 구간만 따라 불렀다.

"추운 겨울, 눈이 내려. 얼어붙어. 여기 붙어. 내 옆에 꽉 붙어. 지켜 줄게. 녹여 줄게. 내가 너를. 네가 나를."

선우의 입에서 리드미컬한 랩이 쏟아져 내렸다. 그럴싸했다. 아니, 수준급이었다! 눈이 휘둥그레져 선우를 봤다. 선우가 손가락으로 날 콕콕 찌르는 시늉을 했다. 래퍼들의 흔한 손동작 중 하나였지만 자꾸만 심장이 찌릿찌릿했다.

"나 언제까지 네 눈치 봐야 해?"

톡 쏘는 유하 목소리에 현실로 돌아왔다.

"남자 친구 생기면 누구보다 축하해 줘야 하는 거 아냐? 우리 친구 맞냐? 너 정말 너무해!"

유하가 얼굴이 벌게져서 뒤돌아섰다. 그때 경민이가 나타났다. 놈은 우리 둘을 번갈아 보더니 날 째려보며 유하의 어깨를 감싸 쥐고 퇴장했다. 꼭 드라마에서 보던 악역이 된 기분이다.

생각을 정리하러 화장실에 갔다. 변기에 앉아 어디서부터 꼬인 걸까 생각해 봤다. 내기야 그렇다 치자. 문제는 내가 선우에게 고백한 일이다. 뜬금없이 기분에 취해.

'수습해야 해.'

나는 자리에서 벌떡 일어섰다.

선우에게 가서 어제 고백은 실수였다고, 그냥 없었던 일로 해 달라고 말할 생각이었다.

화장실에서 나오는 그때, 옆 계단참에서 누군가가 대화를 나누고 있었다. 낙엽처럼 팔랑팔랑 흩날리는 가벼운 목소리. 이경민이었다.

"그래도 주아 고백 받아 줄 거야?"

쫑긋 귀가 커졌다. 분명 내 이름을 말했다.

"그걸 말이라고 하냐? 걔 내 스타일 아니거든."

가슴이 쿵 내려앉았다. 굵고 또랑또랑한 목소리. 선우였다. 마음 같아서는 달려가서 멱살이라도 잡고 싶었다. '나랑 사귀는 게 말도 안 되는 일이냐?' 따지면서. 하지만 몸이 움직이지 않았다.

"하긴. 주아 할머니 같지 않냐? 곱창 차만 먹지 않나."

얼굴이 뜨거워졌다. 나라고 할머니 소리 들어가며 작두콩 차 먹고 싶은 줄 아나. 억울했다.

찬바람이 불기 시작하면서 비염이 심해졌다. 병원에 가도, 약을 먹어도 소용없었다. 몇 달 전 엄마가 작두콩차가 비염 완화에 좋다며 내밀었다.

"비염 심하면 집중력도 떨어지잖아."

그날 이후로 텀블러에 작두콩차를 담아 매일 우려먹었다.

어느 날, 경민이가 내 텀블러를 보더니 곱창을 먹는다며 놀려 댔다. 물에 퉁퉁 불은 작두콩은 언뜻 곱창처럼 보였다. 그래도 정도껏 해야지, 나 없는 자리에서도 저러는 건 예의가 아니다. 경민이 저 자식 멱살부터 잡아야겠다.

계단으로 몸을 틀었을 때였다. 선우가 낮게 웃기 시작했다. 가슴이 쿵 내려앉았다.

"옷도 할머니처럼 입잖아. 우리 할머니가 알록달록한 스웨터 엄청 입거덩. 또 얼마나 이기적이냐? 수업 시간에 혼자 잘난 척 질문해서 만날 늦게 끝나잖아. 얼굴 벌게져서 자기 말이 옳다고 아득바득 우기고. 으휴, 선생님도 진짜 피곤할 거야. 걔 고집 피울 때 얼굴 봤냐? 여드름이 막 터질 것 같다니까. 출동! 발사!"

주먹에 힘이 꾹 들어갔다. 얼평까지 하다니. 이경민, 너 진짜 최악이다.

"뭐? 푸하하하하."

선우가 쉬지 않고 웃어 댔다. 둔탁한 물건에 머리를 얻어맞은 것처럼 정신을 차릴 수 없었다. 모든 게 확실해졌다. 선우는 날 좋아하지 않는다. 만약 날 좋아했다면 저런 말을 그냥 듣고 있을 리 없다. 경민이에게 화를 내거나, 주먹으로 턱을 냅다 갈겼을 거다.

화장실로 뒷걸음질을 쳤다. 창피하고 슬펐다. 유하는 내게 등 돌리고, 선우는 내 고백을 비웃는다. 경민이는 말해 뭐 해.

이제 녀석들과 예전처럼 지낼 자신이 없었다. 쉬는 시간에 모여 수다 떨고, 용돈을 모아 피자를 먹던 우리는 이제 과거형이 됐다.

'너희는 내 친구 아니야.'

조용히 선언하자, 마음속에 찬바람이 휘몰아쳤다.

나는 긴 머리를 하나로 질끈 묶고 교실로 뚜벅뚜벅 걸어갔다. 껄껄 웃으며 뒤따라오던 놈들이 걸음을 뚝 멈추는 게 느껴졌다.

수업이 끝나자마자 가방을 챙겨 교실을 나섰다. 선생님께는 몸이 좋지 않다고 말해 뒀다.

"설주아!"

등 뒤에서 선우가 날 불렀다.

무시하려고 했지만 화가 나서 도무지 참을 수가 없었다. 나는 홱 뒤돌아서서 선우 얼굴을 쏘아봤다.

"너 힘들었겠다."

선우가 고개를 갸웃거렸다.

"네 스타일 아닌 애 고백 받느라. 걱정 마. 나 너 안 좋아해. 주아랑 내기 때문에 고백한 거니까 잊어버려."

선우의 갈색 눈동자가 하염없이 흔들렸다. 괜히 내기 이야기를 꺼낸 걸까, 조금 후회됐지만 어쩔 수 없었다.

'이제 다시는 멍청한 짓 하지 마!'

나를 다그치며 차갑게 말을 뱉었다.

"그동안 나랑 친한 척하느라 고생 많았어. 이제 애쓰지 마."

쐐기를 박은 후 서둘러 엘리베이터에 올라탔다. 제자리에 얼이

붙은 선우의 뒷모습을 보며 닫힘 버튼을 눌렀다. 선우를 향한 마음이 쿵 하고 닫히는 소리가 들렸다.

언제 눈이 왔냐는 듯 거리에 찬바람만 나부꼈다. 길을 걷는데 눈물, 콧물이 줄줄 흘러내렸다. 나는 코를 풀면서 슬쩍 눈물을 훔쳐 냈다.

집에 들어서자마자 몸이 으슬으슬했다. 손으로 이마를 짚었더니 열이 나는 것 같았다. 나는 씻지도 않고 이불 속에 들어갔다. 이대로 지구가 멸망하길 바라면서.

악연일까 인연일가

아침 햇살에 잠에서 깼다. 여느 때처럼 지구는 360도 회전했고 다시 하루가 시작됐다.

거실로 나갔더니 엄마가 걱정스러운 얼굴로 날 쳐다봤다.

"무슨 일 있어? 눈이 퉁퉁 부었네."

"어? 아무것도 아니야. 늦게 자서 그런가 봐."

둘러대며 욕실로 향했다.

"얼음찜질 할래? 오늘 봉사 활동 가는 날이잖아."

엄마의 목소리가 날 따라왔다.

"헉!"

거울을 보자마자 놀라 자빠질 뻔했다. 벌에 쏘인 것처럼 눈두덩이가 불룩했다. 울다 잠들긴 했지만 이 정도로 부을 줄은 몰랐다.

어제 이불 속에서 인스타를 살피다 유하가 올린 게시물을 발견했다. 우리가 자주 가는 단골 분식집 떡볶이 사진이 여러 장 올라가 있었다. 나만 빼놓고 혼자 가다니! 속이 부글부글 끓었다. 그런데 마지막 사진에 '브이(V)' 자를 그린 짜리몽땅한 손이 보였다. 보나마나 이경민이었다. 심장이 쿵 내려앉으며 별안간 눈물이 나왔다. 내가 얼마나 힘든지도 모르고 보란 듯이 데이트를 하다니.

'넌 친구도 아니야!'

화가 나서 팔로우를 취소했다. 이번에는 메신저를 켜서 유하, 경민, 선우 순으로 차단했다. 그랬는데도 화가 풀리지 않았다.

새벽 늦게까지 유하의 인스타를 기웃거렸다. 더는 게시물이 올라오지 않았다. 나는 유하가 올려 뒀던 과거의 사진들을 하나하나 살폈다. 우리가 함께했던 추억이 차곡차곡 쌓여 있었다.

유하와 내가 입술을 쭉 내밀고 찍은 사진이 보였다. 화장품 가게에서 샘플 화장품을 바르고 기념으로 찍은 거였다. 내 입술은 보라색, 유하의 입술은 주홍색이었다. 우리는 서로의 모습을 보며 22세기 메이크업이라고 놀려 댔다. 사진을 보니 웃음이 나왔다. 그제야 메신저를 차단한 건 좀 심했다는 생각이 들었다. 유하라면 분명 날 걱정하며 먼저 연락할 거다. 나는 서둘러 유하를 차단 해제했다.

10분, 30분, 50분……. 시간이 흐르는데도 유하에게서는 연락이 없었다. 나는 베개에 얼굴을 파묻고 엉엉 울었다. 유하와 나의 우정이 이렇게나 얄팍한 것이었다니. 믿을 수 없어 울고, 선우와 경민이가 미워서 울었다. 마지막에는 내가 너무 싫어서 눈물이 나왔다.

그렇게 울었으니 눈이 이 모양이 될 수밖에.

"엄마! 찜질!"

서둘러 거실로 뛰쳐나갔다. 이 몰골로 봉사 활동을 가면 다들 놀라고 말 거다. 한 번 보고 말 사람들이지만 굳이 나쁜 이미지를 심어 줄 필요는 없다.

엄마가 부엌으로 간 사이 소파에 대자로 누웠다.

"우리 딸. 무슨 속상한 일이 있어 그렇게 운 거야?"

엄마가 눈 위에 얼음 팩을 올려놓으며 물었다. 벌써부터 눈두덩이가 얼얼했다.

"나 안 울었거든?"

"귀신을 속여라! 엄마도 울면 너처럼 되거든요."

우리 엄마는 정말 눈치 100단이다.

"아니라고."

인정하면 지는 것 같아 박박 우겼다.

"아이고, 알았네요. 이러고 10분만 있어."

찜질을 마치고 거울을 봤다. 부기가 조금 빠진 것 같았다.

나는 보라색 코트를 입고 집을 나섰다.

"왜 그렇게 얇게 입었어? 오늘 춥다는데."

날 보며 엄마가 잔소리를 했다. 어제 엄마가 말한 대로 입었는데도 난리다.

"금방 눈 그칠 텐데 뭐."

"혹시 모르니까 코트 안에 스웨터라도 입어."

뭐? 스웨터? 순간 짜증이 솟구쳤다.

"싫어! 할머니 같단 말이야!"

그런 날 엄마가 의아하게 쳐다봤다.

"누가 너더러 할머니 같대?"

엄마는 정말 귀신같다. 내가 쭈뼛거리자 엄마가 말을 이었다.

"스웨터는 매력적인 옷이야. 짜임과 문양, 색과 크기에 따라 표정이 달라지지. 하여간 멋도 모르는 것들이 그런 말 한다니까. 무시해 그냥."

나는 엄마 말을 귓등으로 흘리며 집을 나섰다. 그리고 딱 한 시간 뒤, 후회하고 말았다.

"엄마 말 들으면 자다가도 떡이 나온다."

아빠가 이렇게 말했을 때 콧방귀를 뀌었는데 진짜였다.

버스에 탈 때만 해도 괜찮았는데 삼읍리에 내리자마자 몸이 덜덜 떨렸다. 한 시간 버스를 타고 도착한 삼읍리는 아주 딴 세상이었다. 흔한 아파트 하나 보이지 않고, 낮은 집들이 띄엄띄엄 들어서 있었다. 수확을 마친 논과 밭은 휑하고 쓸쓸했다.

건물에 굴절되지 않은 바람이 내 몸을 때려 댔다. 손이 어찌나 시린지 콧물을 닦을 새도 없었다.

나는 핸드폰으로 지도를 살피며 걸음을 옮겼다. 정류장 옆 골 목길을 10분 정도 걸었더니 하얀색 직사각형 건물이 보였다. '삼 읍리 주민회관'이라고 적힌 간판을 보자 안도의 한숨이 나왔다.

"휴."

입김이 모락모락 피어올랐다. 누가 보면 입에서 드라이아이스 라도 꺼낸 줄 알았을 거다.

'내가 아이스크림 케이크도 아니고.'

이런 생각을 하니까 실없이 웃음이 새어 나왔다. 옆에 유하가 있었으면 같이 웃었을 텐데. 으악! 낯선 장소, 맹추위 속에서도 유하를 떠올리다니! 나는 도리질을 치며 잡념을 떨쳐 버렸다.

서둘러 주민회관 문을 열었다. 어르신들이 삼삼오오 모여 있 었다. 할아버지들은 약속이나 한 듯 어두운 옷을 맞춰 입었고 할 머니들은 알록달록한 스웨터를 입고 있었다. 이래서 나더러 할 머니 같다고 한 걸까? 비록 얼어 죽을 뻔했지만 스웨터를 입지 않길 잘했다는 생각이 들었다.

"여기야 여기!"

안경을 낀 선생님이 손을 흔들었다. 언뜻 우리 엄마랑 나이가 비슷해 보였다. 그 옆에 서 있는 단발머리 선생님은 훨씬 어려 보 였다.

나는 꾸벅 인사를 한 후 화이트보드를 살폈다. 그 위에 '신나는 실버 세상! 삼읍리, 스마트 활용 교육'이라고 적힌 현수막이 붙어 있었다.

"세상에! 그 차림으로 온 거야? 목도리도 안 하고? 오늘 눈 온다던데."

안경 낀 선생님이 대뜸 반말을 했다. 남이야 코트를 입든 반팔을 입든 뭔 상관인가. 그리고 눈이 내리면 얼마나 내린다고. 어제처럼 햇볕 앞에서 맥도 못 출 게 뻔한데.

"설주아 학생 맞죠? 오늘 할머니 할아버지들 옆에서 스마트폰 메신저 사용법 가르쳐 드리면 돼요."

다행히 단발머리 선생님은 예의가 있었다.

"저 혼자만 해요?"

내 말에 안경 낀 선생님이 끼어들었다.

"한 명 더 있어. 저기 온다. 선우야! 벗 왔다!"

이름도 참 별로다. 선우라니.

나는 시큰둥하게 뒤돌아섰다. 선우라는 남자아이가 종이 가방을 들고 걸어오고 있었다. 훌쩍 솟은 키에 기다란 팔다리, 까치처럼 삐죽삐죽 솟은 머리카락. 잠깐. 너는 하선우?

"어?"

선우가 날 발견하고 눈을 동그랗게 떴다. 나는 고개를 획 돌렸다. 하, 악연이다. 악연. 불과 이틀 전만 해도 선우랑 마주치는 게 행복했는데 지금은 너무나 끔찍하다. 문득 인생이 덧없단 생각이 들었다.

"둘이 아는 사이야?"

안경 낀 선생님이 끝까지 반말로 물었다.

"네!"

"아니요!"

나랑 선우가 동시에 대답했다. 당연히 '아니요'가 내 대답이다.

안경 낀 선생님이 눈을 가늘게 뜨며 말했다.

"에이, 아는 사이인데 뭘."

정말 할 일도 없나 보다. 그러려니, 하고 넘어가면 될 텐데. 자기가 무슨 탐정이라도 되는 줄 아나?

"아니라니까요. 저는 모화 여중, 쟤는 대정 남중이잖아요!"

말해 놓고 아뿔싸 했다. 처음 보는 사이라면서 학교명을 정확히 말해 버렸으니. 정말 되는 일이 하나도 없다! 선생님이 또 무안 주면 어쩌나 걱정했는데 다행히 아무 말 없이 서류 꾸러미를 건넸다.

"한 부씩 나눠 주고, 강의 시작하면 어르신들 도와드려."

선우가 "네!" 하고 씩씩하게 대답했다. 나는 그 옆에서 물고기처럼 입을 작게 벙긋거렸다.

오늘 교육 참석자는 총 열 명. 할머니가 일곱 분, 할아버지가 세 분이었다. 모두들 얼굴이 발갛게 달아올라 있었다. 따뜻한 열기 때문이기도 했지만 설렘, 긴장 같은 게 엿보였다. 중학교 입학식 날, 친구들에게서 본 얼굴이었다.

강의가 시작됐다. 안경을 낀 선생님이 우리나라 국민들의 스마트폰 사용률이 얼마나 높고 선진적인지, SNS가 무엇이고, 스마트폰으로 얼마나 많은 것을 할 수 있는지 등을 설명했다.

"어르신들! 지금부터 스마트폰으로 메신저 사용하는 방법을 배울 거예요. 오늘 배운 걸로 아들딸, 손자 손녀들과 대화 나눠 보세요. 바로 인기 스타 될 거예요!"

선생님이 엄지손가락을 내밀자 할머니, 할아버지들이 웃음을 터뜨렸다.

단발머리 선생님이 메신저 사용법을 설명했다. 그 사이 나와 선우, 안경 낀 선생님은 돌아다니며 어르신들이 잘 따라 하고 있는지 살폈다.

나는 일부러 선우에게서 멀찍이 떨어져 구석 자리 위주로 돌아다녔다. 어제 그 창피를 당하고 얼굴을 마주 볼 생각이 없었다. 아니, 싫었다!

"학생! 나 좀 도와줘!"

분홍색 스웨터를 입은 할머니가 날 보며 손을 흔들었다.

"이렇게 하면 되는 거야?"

할머니는 돋보기안경을 코끝에 걸치고 굵은 손가락으로 스마트폰을 터치하고 있었다. 강의대로라면 지금쯤 계정을 만들어야 했다. 하지만 할머니는 앱을 내려받은 후 어디 있는지 찾지도 못하는 상황이었다.

"할머니, 앱은 잘 까셨네요?"

내 말에 할머니가 고개를 갸웃거렸다.

"앱? 뭘 까?"

할머니가 귀여워서 나도 모르게 헤실헤실 웃고 말았다.

"여기 노란 상자 보이죠? 이걸 눌러야 채팅할 수 있어요. 이걸 앱이라고 하는데…… 음. 절대 세게 누르면 안 돼요. 자, 이렇게 손가락으로 톡 치세요."

내가 시범을 보였다. 그러자 할머니가 뜬금없이 노래를 부르기 시작했다.

"손대면 톡 하고 터질 것만 같은 그대. 봉선화라 부르리이."

그러자 다른 자리에 있던 어르신들이 따라 불렀다.

"하이고, 김씨 할매. 삼읍리 가수 아니랄까 봐. 또 저런데이."

누군가가 이렇게 말하자 사람들이 다 같이 웃음을 터뜨렸다. 만약 내가 학교나 학원에서 이렇게 뜬금없는 행동을 했다면 아마 '관종'이라 놀림 받았을 거다. 하지만 어르신들은 달랐다. 할머니만의 개성을 존중하고 있다는 생각이 들었다. 나는 강의실을 둘러보며 미소 지었다.

그때, 반짝거리는 갈색 눈동자와 마주치고 말았다. 선우였다. 또 날 보고 있다. 이제는 착각 같은 거 하지 않는다. 나는 선우를 째린 후 다시 할머니를 향해 등을 구부렸다.

"할머니 이제 계정 만들어야 해요."

내 말에 할머니가 눈을 끔뻑끔뻑했다.

"깨정?"

"아이디 같은 건데. 어, 그러니까 할머니 이름, 주민 등록 번호 같은 거요. '이건 김옥분 것이다!' 하고 증명하는 거 말이에요."

할머니 이름표를 살피며 말했다.

"뭐? 그런 거 함부로 알려 주면 안 되는 거야. 보이스 피싱에 당할 수도 있으니까."

서서히 진땀이 났다.

"맞아요. 절대 알려 주시면 안 돼요. 자, 일단 만들어 볼게요. 전화번호 알려 주세요."

나는 일곱 살 아이를 가르치듯 할머니를 달래며 계정을 만들었다.

산 너머 산, 이제는 메신저 사용법을 가르쳐야 했다. 다행히 할머니는 궁금할 때마다 내 설명을 끊고 질문을 던졌다. 하나하나 꼼꼼히 짚는 모습을 보니 안심이 됐다. 비록 시간은 많이 걸렸지만.

쉬는 시간, 김옥분 할머니가 내 손에 사탕을 가득 쥐어 줬다.

"이거 먹어. 이름이 뭐야?"

사탕을 받으며 이름을 말했다.

"아이고 이름도 곱다. 얼굴도 고운데 이름도 곱고, 마음은 더 고와!"

할머니 목소리가 쩌렁쩌렁했다. 사람들이 날 힐끔거리는 바람에 얼굴에 열이 올랐다.

"진짜 곱네. 얼굴도 어쩜 이렇게 하얘?"

연두색 스웨터를 입은 할머니가 얼굴을 내밀며 맞장구쳤다.

"아니에요."

손으로 얼굴을 가리며 말했다. 잔뜩 성난 여드름은 보이지 않나 보다.

"아니긴 뭐가 아니야. 꼭 어릴 적 내 모습 보는 거 같구면. 얼굴이 허옇고 긴 머리는 칠흑 같아서 온 동네 총각들이 연애하자고 쫓아다녔다니까."

옥분 할머니의 말에 연두색 스웨터를 입은 할머니가 고개를 끄덕였다.

"고건 내가 인정하제. 이 할매가 남자 많이 울렸당께. 지금은 살짝 얼굴이 갔지만 그땐 예뻤제."

할머니 말이 재밌어서 나도 모르게 웃고 말았다.

"두 분 친하세요?"

"76년 지기야. 태어나서부터 이 동네서 살았으니까."

입을 떡 벌리고 말았다. 76년이라니. 유하와 나는 중학교에 입학한 후 친해졌다. 친한 친구들이 없어 서먹서먹할 때 넉살 좋은 유하가 짝꿍이라서 금방 적응할 수 있었다. 유하는 유독 내가 하는 말에 배꼽을 잡고 웃어 댔다. 나는 유하의 웃는 얼굴이 좋아 아무 말이고 실없이 떠들어 댔다. 유하와 함께한 2년의 시간은 내가 살아온 15년에 버금가는 시간이었다.

"두 분은 싸운 적 없어요?"

"아이고, 말도 마. 76년 중 절반을 싸웠을 거여."

예상치 못한 답이라 할 말을 잊고 말았다.

"어떤 날은 저거 말투가 싫어서 싸우고, 혼자만 잘났다고 하는 게 미워서 싸우고, 그냥 징글징글해서 안 보고 그랬지. 그런데 나이가 드니께 단단했던 마음이 연두부처럼 흐물흐물해지더라고."

연두색 스웨터를 입은 할머니 말에 옥분 할머니가 미소를 지었다.

"친구, 커피 한잔하고 옵시다."

나란히 강의실을 나서는 할머니들 뒷모습을 바라봤다. 약간 굽은 등에 뽀글뽀글 볶은 머리가 꼭 쌍둥이 같았다. 동글동글한 뒷모습을 보니 유하에게 날이 섰던 마음이 부드럽게 펴졌다. 할머니들처럼 다퉜다가도 화해하고, 미웠다가도 다시 친해지면 되는 거 아닐까?

서둘러 핸드폰을 열었다. 유하가 말이 없으면 내가 먼저 연락하면 된다. 우리가 뭐, 밀당하는 연인 사이도 아니고.

"어? 유하다!"

텔레파시가 통한 것처럼 유하에게서 메시지가 와 있었다.

> 설쭈! 너 괜찮아? 어제 그러고 가는 게 어딨냐? 혹시 나 때문에 그런 거야? ㅠㅠ 말 심하게 해서 미안해.

유하의 말에 코끝이 찡 울렸다.

> 나 봉사 활동 왔다. 삼읍리 ㅎㅎ 나도 어제 미안 ㅠㅠ

> 으악! 오지까지 갔네? ㅋ 언제 와? 저녁에 떡볶이 먹으러 갈까?

유하의 말에 헤벌쭉 웃음이 나왔다.

> ㅇㅋ 연락할게.

그때였다. 눈앞에 불쑥 딸기 우유가 나타났다.

"설쭈. 이거 먹어. 좋아하잖아."

사각 팩을 잡고 있는 하얗고 길쭉한 손. 선우였다. 풀렸던 마음을 다시 단단히 잠갔다. 할머니들의 76년 우정과 세월에 비하면 유하와의 일들은 아무것도 아니었다. 하지만 넌 아니다. 너랑 경민이는 끝까지 미워할 거라고!

"말 시키지 마."

선우 얼굴에 당황한 기색이 서렸다. 억울한 표정 같기도 했다.

수업이 다시 시작됐다. 옥분 할머니가 메신저를 사용할 수 있도록 마저 도왔다. 할머니가 닉네임 '쭈야'에게 대화를 걸었다. 대학생 손녀라고 했다.

옥분 할머니의 뭉툭한 손가락이 바삐 움직였다.

> 주희야. 춥다. 감기 조심해라. 할미다.

3년 전 돌아가신 외할머니가 떠올라 나도 모르게 눈시울이 붉어졌다. 우리 할머니도 그랬다. 나만 보면 항상 따뜻하게 입어라, 밥 잘 먹어라, 밤길 조심해라 당부했다. 그때는 내게 할 말이 그렇게도 없나 생각했는데 이제야 알겠다. 걱정돼서 그랬다는 걸.

쭈야가 메시지를 읽고 바로 답장을 보냈다.

> 헐! 할머니야?
> 김옥분 여사?
> 대박!
> 멋쟁이! 이제 채팅도 다 하네? 보고 시포 할머니.

쉬지 않고 메시지가 떴다. 할머니는 한참 스마트폰을 들여다

보더니 행복한 미소를 지었다. 나도 덩달아 웃음이 났다.

이런 봉사 활동이라면 백번이라도 하고 싶었다. 솔직히 이곳에 온 건 그저 점수를 채우기 위해서였다. 엄마가 내 성적표를 보더니 봉사 활동 점수가 부족하다며 겨울 방학 동안 채워야 한다고 했다.

"시골까지 가야 하지만 다른 봉사보다 덜 힘들고 점수도 쉽게 딸 수 있을 거야."

선우도 나처럼 엄마 등에 떠밀려 온 걸까? 선우를 흘깃 쳐다봤다. 젠장, 또 눈이 마주쳤다. 내 얼굴에 뭐라도 묻었나? 왜 저렇게 힐끔거리는 걸까? 나는 손으로 얼굴을 쓱 털어 냈다.

"학생! 여기 좀 와 봐!"

누가 나를 불렀다. 선우와 함께 있는 할아버지였는데, 하얗게 센 머리가 단정했다. 혹시나 싶어 주변을 둘러봤다.

"자네 말고 학생이 또 있는가?"

나는 얼떨결에 할아버지 옆으로 갔다. 선우가 엉거주춤한 자세로 서 있었다.

"왜요?"

"사랑이 뭐라고 생각하는가?"

이건 또 무슨 뚱딴지같은 소리인가. 영문을 몰라 눈알을 또르르 굴렸다.

"내가 지금 러브레터를 써야 하는데 이 남학생이 잘 못하니까 학생을 불렀어."

선우가 뒷머리를 긁적였다. 나는 할아버지가 내민 스마트폰을 봤다. '동백꽃'이라는 사람과 채팅 중이었는데 아직 본격적인 대화는 하기 전이었다.

"누구신데요?"

내 말에 할아버지가 샐쭉한 표정으로 무뚝뚝하게 답했다.

"그건 알아서 뭐 하려는가?"

"러브레터는 사랑하는 사람에게 보내는 편지잖아요. 딱 상대에게 맞는 맞춤형 문구가 필요하다고요. 그럼 대상이 누구인지, 정보 정도는 알아야 하잖아요. 안 그래요?"

"하하하. 고것 참 야무지네. 그게 말이여. 쉿! 저 사람이여."

할아버지가 갑자기 목소리를 낮췄다. 할아버지 눈길이 흰머리를 단정하게 틀어 올린 할머니에게 가닿았다.

"자자, 얼굴들 바싹 당겨 봐."

마치 자석에 이끌린 듯 얼굴을 할아버지에게 바투 당겼다. 오똑한 콧날이 불쑥 내 옆에 나타났다. 선우였다. 나는 깜짝 놀라 고개를 살짝 뒤로 뺐다.

"짝사랑한 지 오래됐어. 어릴 때부터 알던 사이인데 5년 전에 둘 다 혼자됐지. 이제는 고백할 때가 된 거 같아. 요즘 친구들처럼 최신식으로 고백 한번 해 보려고. 허허."

할아버지가 멋쩍게 웃었다. 그 모습이 꼭 수줍음 많은 소년 같았다.

"단도직입적으로 고백하세요. '우리 사귀자.' 하고요. 진심은 통하기 마련이잖아요."

내 말에 할아버지가 눈을 동그랗게 떴다. 옆에서 선우가 큼큼 기침을 했다. 젠장, 선우가 있다는 걸 잊었다.

"뭐, 물론 내기 때문에 고백할 수도 있지만 진짜 고백은 통한다는 말이에요. 헤헤."

"뭐 내기? 왜 내기로 고백을 해?"

할아버지가 고개를 갸웃거렸다. 아, 이게 아닌데.

"아니, 아니에요. 자, 할아버지. 이렇게 쓰세요. 우리 사귀자. 오랫동안 좋아했다. 내 마음은 진심이다."

할아버지가 더듬더듬 글을 입력했다. 그러고는 전송 버튼을 눌렀다.

우리는 숨을 멈추고 할머니를 살폈다. 할머니가 갑자기 획 뒤돌아봤다. 일자로 닫혔던 입이 불쑥 유(U) 자로 변했다. 성공했다! 할아버지의 찐 사랑이 결국 통한 것이다!

어쩌면…… 선우에게 마음이 통하지 않은 건 내 사랑이 진심이 아니어서 그런 거 아닐까? 내가 잘못했네. 진심이 아닌데도 고백하다니. 선우에게 사과할 사람은 나구나. 피식 웃음이 나왔다.

"눈이 징그럽게 오는구먼."

누군가의 말에 창문을 봤다. 정말 눈이 징글징글하게 내리고 있었다. 하늘에서 누군가가 눈을 꽁꽁 가뒀다가 한꺼번에 내보내는 것 같았다.

"10년 전에도 이런 눈이 왔었지."

아까 그 할아버지가 큰 소리로 말했다. 추억에 잠긴 할아버지의 옆모습이 잠자는 아이처럼 평온했다.

오후 수업도 금방 흘렀다. 수업을 마치자마자 안경을 쓴 선생님이 서둘러 우리를 불렀다.

"눈이 심상치 않네. 사거리 큰 정류장까지 데려다줄 테니까 어서 가자."

선우와 나는 서둘러 가방을 챙겼다.

"선생님, 오늘 폭설 주의보래요."

단발머리 선생님이 울상을 지으며 말했다.

"빨리 서둘러야겠다. 눈 오는 동네가 아니라서 제설 작업이 쉽지 않을 테니까."

안경 선생님이 차분히 말하며 짐을 정리했다.

밖으로 나갔더니 아까 그 추위는 아무것도 아니었다. 운동화 밑창이 눈에 폭 빠졌다. 자동차로 가는 몇 분 사이에 귀가 얼어붙는 것 같았다. 목도리라도 챙겨 올걸. 옆을 봤더니 선우는 목도리에 장갑까지 야무지게 챙겨 왔다. 얄미운 놈.

빨간색 자동차 뒷자리에 선우와 나란히 앉았다. 우리는 말없이 창밖만 바라봤다.

나는 핸드폰을 켜고 유하와 엄마에게 집에 간다고 톡을 보냈다.

눈 많이 온다. 조심히, 빨리 와!

엄마에게서 답장이 왔다. 조심히 가려면 천천히 가야 하는데 '빨리' 오란다. 엄마와 요가를 할 때도 엄마는 나더러 '힘 빼고 정확하게 하라고' 했다. 나도 모르게 웃음이 나왔다.

선우가 날 힐끔 쳐다보며 말했다.

"눈 진짜 많이 온다. 태어나서 이런 눈 처음 봐."

나한테 말을 거는 건지, 혼잣말인지 감이 오지 않아 그냥 창밖으로 시선을 거두고 말았다. 다시 또 침묵이 이어졌다.

차는 엉금엉금 기어 사거리에 닿았다. 몇 개 없는 가게는 문을 닫았고, 거리는 조용했다. 하얗게 눈이 덮인 거리에 오로지 자동차 바큇자국만 나 있었다.

차에서 내려 정류장으로 향했다. 페인트가 벗겨진 작고 네모난 건물이 쓸쓸하게 서 있었다. 건물 안으로 피했는데도 몸이 움츠러들었다. 기다란 나무 의자를 지나 달랑 창구 두 개인 매표소 앞으로 갔다.

"저기요!"

몇 번이나 외쳤을까. 아저씨 한 명이 나타났다.

"운행 안 합니다."

너무나 일상적인 말투여서 내가 잘못 들은 게 아닐까 하는 생각이 들었다.

"네?"

"눈이 저렇게 오는데 버스 다니면 큰일 나요. 운행 못 합니다."

어이없어 입이 떡 벌어졌다.

"아니, 그럼 우린 어떡해요. 집에 가야 하는데."

"택시라도 알아봐요."

성의 없는 아저씨의 대답에 화가 나서 발로 땅을 쿵쿵 굴렀다.

"우리 택시 타자. 지금 콜택시 부를게."

선우가 말을 걸었다. 나 너 모르거든? 왜 자꾸 말걸어? 나는 선우 말을 못 들은 척하고 핸드폰을 꺼냈다. 엄마에게 전화해서 데리러 오라고 할 생각이었다. 이렇게 간단한 게 있는데 어려운 방법을 택할 이유가 없다.

"어?"

엄마에게 전화를 걸자마자 전원이 꺼져 버렸다. 황당했다. 아까 차에서 엄마에게 문자를 보낼 때만 해도 50퍼센트였는데, 이렇게 갑자기 줄어들 수가 있나. 깜빡하고 보조 배터리도 안 가져왔는데.

선우가 날 살피더니 무심하게 말했다.

"원래 추운 날 금방 방전되더라. 자, 이거 써."

선우 손에 하얀색 보조 배터리가 있었다. 마음 같아서는 뿌리치고 싶었지만 지금 그럴 때가 아니다. 잠깐 휴전.

배터리를 확 낚아챘다. 그런데 이게 무슨 일인가. 케이블이 달라 연결되지 않았다. 옆에서 지켜보던 선우가 핸드폰을 내밀었다. 서둘러 엄마에게 전화했지만 이번에는 통화 중이었다.

"안 받네. 이따 다시 해 보지 뭐."

나는 나무 의자에 앉아 몸을 웅크렸다. 무릎 사이에 고개를 파묻으니 덜 추운 것 같았다.

"휴, 어쩌지? 택시가 한 대도 없네."

선우가 한숨을 내쉬었다.

"어떡하긴 뭘 어떡해? 어른들 불러야지!"

내 말에 선우가 결심한 듯 전화를 걸었다.

"아빠한테 전화해 볼게."

몇 초가 10분처럼 길게 느껴졌다.

"여보세요!"

선우 얼굴에 화색이 돌았다.

"아빠. 저 지금 여기. 네? 아, 네. 네. 알겠어요."

이게 무슨 일인가. 데리러 오라는 말도 없이 전화를 끊다니.

"아빠가 바쁘대. 지금 회의 가는 중이라고. 이따 전화한대."

"야! 그렇게 끊으면 어떡해? 데리러 오라고 해야지. 그 말 하는데 시간이 얼마나 걸린다고!"

내 말에 선우가 입을 꾹 닫았다. 우리 사이에 냉랭한 기운이 맴돌았다.

그때 매표소에 불이 꺼졌다. 아저씨는 우리를 힐끔 보더니 사라져 버렸다. 정말 매정하다! 죽더라도 여기에서 얼어 죽어야지! 그래야 내일 아침 출근한 아저씨가 얼어붙은 우릴 보고 양심의 가책을 느낄 테니까. 나는 다시 몸을 둥글게 말았다.

선우는 뭘 하는지 핸드폰을 들여다보며 생각에 잠겨 있었다. 아빠 연락을 기다리는 모양이었다. 저렇게 답답한 놈이었다니. 선우는 행동이 재빠른 친구였다. 결정이나 선택을 앞두고 고민하는 법이 없었다. 그런데 오늘은 정반대다.

"이리 줘!"

선우 손에서 폰을 빼앗아 엄마에게 전화했다. 핸드폰에 보조 배터리가 달려 있었다. 신호음이 길어질수록 배터리가 닳는 게 느껴졌다. 제발 받아 엄마! 앞으로 엄마 말 잘 들을게. 속엣말로 간절하게 외쳤다.

"여보세요?"

전화가 연결됐다!

"엄마! 나야. 여기 삼읍리 네거리 정류장인데 버스 끊겼어!"

"지금 여기도 난리야. 아빠 오면 체인 감고 데리러 갈……."

맙소사. 선우 핸드폰도 전원이 다해 버렸다. 이런 고물 폰 같으니라고.

"씨. 꺼졌어. 어떡해."

선우에게 폰을 내밀며 발을 동동 굴렀다.

함박눈이 폭죽처럼

　힘없이 앉아 있던 선우가 대뜸 일어섰다. 큰 결심을 한 얼굴이었다.

　"가자."

　"어딜?"

　"몸이라도 녹여야 할 것 아냐. 여기 있다가 얼어 죽어."

　선우가 내 손을 잡아끌었다.

　"이거 놔!"

　거칠게 손을 빼냈다.

　선우가 뚝 멈춰 서더니 가방에서 무언가를 주섬주섬 꺼냈다.

　"아 맞다! 이거."

　상자였다. 지금 상황과 전혀 어울리지 않는 앙증맞은 리본이 달려 있는 작은 상자.

"생일 선물이야."

선우의 말에 입이 떡 벌어졌다. 내 생일은 일주일 뒤다. 그리고 어제 분명 말했다. 앞으로 모른 척하라고. 이게 누굴 놀리나?

"미리 사 뒀는데 지금 필요할 것 같아서. 장갑이거든. 밖에 춥잖아."

순간 갈등됐다. 저걸 받아야 하나 말아야 하나.

그때 머릿속에 경민이의 목소리가 떠올랐다. 옆에서 시시덕거리던 선우 웃음소리도.

"됐거든. 네가 주는 거 안 받아."

손을 주머니에 넣고 뒤돌아섰다.

"어쩔 수 없지. 좀 추울 거야. 10분 정도 걸어야 하거든."

선우가 날 앞질러 걸었다. 쿵쿵 세게 내딛는 발걸음이 화난 것 같았다.

"뭐? 어딜 가는데? 같이 가!"

매표소 밖으로 발을 딛자마자 나도 모르게 뒷걸음쳤다. 바람에 뒤엉킨 눈송이가 내 몸을 덮쳤다.

언젠가 봤던 그림책 속 한 장면이 떠올랐다. 빨간색 두꺼운 코트에 털모자를 쓴 소녀가 사선으로 내리는 눈길을 뚫고 씩씩하게 앞으로 나아간다. 저 멀리서 늑대가 다가오는 것도 모른 채. 아마 이런 글귀가 적혀 있었을 것이다. '소녀가 눈보라를 뚫고 앞으로 나아가고 있어요.' 맞다. 눈보라! 지금 이건 눈보라 아닌가.

그동안 내게 눈보라는 오로라만큼이나 신비하고 추상적인 존재였다. 하지만 이제 안다. 눈보라가 얼마나 춥고 무서운 것인지를.

"휴."

선우가 대뜸 멈춰 서더니 한숨을 푹 쉬었다. 그러고는 목도리를 주섬주섬 풀어 내 목에 돌돌 감았다.

"너 지금 뭐 하는……."

"지금 자존심 세울 상황이야? 일단 해!"

선우가 버럭 화를 냈다. 마음 같아서는 목도리를 바닥에 내동댕이치고 싶었다. 하지만 너무나 따뜻했다. 눈물이 찔끔 나올 만큼.

목도리에서 익숙한 냄새가 났다. 선우 점퍼에서 풍기던 냄새. 쿠키를 갓 구웠을 때 풍기는 달콤한 냄새 같기도 했고 땅콩에서 나는 고소한 냄새 같기도 했다. 선우의 온기 덕분인지 몸이 조금 따뜻해졌다.

해가 졌지만 거리에 쌓인 눈 덕분에 어둡지 않았다. 목덜미가 따뜻해지니 이번에는 발이 문제였다. 눈길에 발이 푹푹 빠졌다. 아까 주민회관에서 나올 때는 운동화 밑창까지 눈이 쌓였는데 지금은 발목까지 왔다. 눈길이 미끄러워 자꾸만 몸이 휘청거렸다. 어쩔 수 없이 주머니에서 손을 빼서 균형을 잡았다. 그러자 이번에는 손이 시렸다. 눈앞에 리본 포장지가 아른거렸다. 그래, 자존심 따위 개나 줘 버리자.

"선우야."

작게 선우 이름을 불렀다. 못 들은 척하는 건지, 못 들은 건지 선우는 계속 앞으로 걸어 나갔다.

"야! 하선우!"

빽 소리 지르자 그제야 뒤돌아봤다.

"아까 선물 줘. 접수할게."

선우가 상자를 내밀었다. 설핏 선우 얼굴에 미소가 실린 것도 같았다.

"내 선물 안 받는다며."

"내가 언제!"

멋쩍어서 큰 소리로 우기고 말았다. 상자 속에는 빨간 하트가 새겨진 파란색 장갑이 들어 있었다. 무척 마음에 들었다. 나는 서둘러 장갑을 꼈다.

"너 되게 웃긴 거 알아? 아까 나랑 모르는 사이라고 잡아떼면서 내가 다니는 학교 이름 말했잖아. 푸하하하."

선우가 큰 소리로 웃었다.

"알아. 내가 재밌지, 웃기고. 그래서 경민이랑 날 씹은 거잖아. 내가 고백한 거 비웃으면서."

따지려고 한 게 아닌데 술술 말이 나왔다.

"아니야. 주아야. 절대 아니야. 사실은 말이야…….."

선우가 허둥지둥하는 사이, 눈보라가 한차례 세게 불어왔다.

"됐어. 얼어 죽겠다. 빨리 가자."

선우가 풀 죽은 얼굴로 뒤돌아섰다. 다시 또 침묵. 우리는 말 없이 눈길을 걸었다. 눈은 전원 버튼이 고장 난 에어컨처럼 세상을 얼려 버릴 기세로 정신없이 나부꼈다.

발을 디딜 때마다 뽀드득뽀드득하는 소리가 났다. 발가락이 얼어붙을수록 망치에 찍힌 것 같은 둔탁한 고통이 느껴졌다.

예전에 이런 생각을 한 적이 있다. 냉동 인간이 되면 감각마저 마비돼 고통을 느끼지 못할 거라고. 하지만 아니었다. 얼어붙는 과정 자체가 고통스러운 일이었다.

"하선우, 너무 추워. 아직 멀었어?"

입이 얼어붙었다

"조금만 더 가면 돼. 우리 노래 부를래?"

선우가 발걸음을 늦추며 말했다.

"뭐?"

"으으! 난 추울 때 노래 부르면 괜찮아지더라."

선우가 몸을 부르르 떨면서 노래 아니, 소리를 내질렀다.

"추운 겨울! 눈이 내려! 얼어붙어! 여기 붙어!"

에라 모르겠다. 나도 큰 소리로 따라 불렀다. 꼭 극기 훈련에서 구령을 붙이듯 끅끅 힘겹게 내뱉었다. 그러자 조금, 아주 조금 괜찮아지는 것 같았다.

그때였다. 풀숲에서 뭔가가 튀어나온 것은.

"꺅!"

비명을 내지르며 선우에게 달려갔다. 선우도 깜짝 놀라 나에게 몸을 틀었다. 그대로 선우의 품에 안기고 말았다. 선우가 나를 꼭 껴안았다.

"뭐였어?"

"고라니 같아."

정신을 차려 보니 서로 부둥켜안고 있었다. 우리는 흠칫 놀라 멀찍이 떨어졌다.

신기한 일이었다. 껴안고 있는 동안 너무나 따뜻했다. 분명 눈 속이었는데 포근한 이불이라도 덮은 듯 몸이 녹아내렸다. 선우의 가슴에서 둥둥둥둥 작은 북소리를 들었다.

"다 왔어."

선우 목소리에 고개를 들었다. 길가에 건물 하나가 덩그러니 놓여 있었다. 멸망된 세상에 딱 하나 남은 건물 같았다. 하얀색 벽에 손 글씨가 큼직하게 휘갈겨 적혀 있었다.

휴(休) 무인 카페.

친절히도 출입문에 비밀번호와 이용 안내가 상세히 적혀 있었다. 선우는 도어락을 열고 경쾌하게 번호를 눌렀다. 이윽고 문이 열렸다. 살았다! 살았다는 생각밖에 들지 않았다.

선우가 익숙하게 불을 켰다. 노란색 벽지를 보니 캄캄한 마음에 전등이 켜진 것 같았다. 내 방만 한 작은 공간에 테이블과 의자,

책장, 싱크대가 야무지게 놓여 있었다. 온기 없는 냉골이었지만 눈보라를 맞지 않는 것만으로도 충분했다. 난 그동안 천국이 하늘에 있는 줄 알았다. 하지만 아니었다. 이곳이 바로 천국이었다.

"이거 덮어. 난로 좀 찾아볼게."

나는 선우가 내민 담요를 덮어썼다. 천에서 오래된 먼지 냄새가 났지만 상관없었다. 이게 포대였다고 해도 몸에 둘렀을 거다.

"여기 있을 텐데."

선우가 작은 문을 열고 뒤적거렸다. 잡동사니들이 손에 치여 달그락거리는 소리가 났다.

"찾았다!"

선우가 꺼낸 것은 선풍기보다 작은 크기의 히터였다. 콘센트를 찾아 선을 연결하자 불이 들어왔다. 사막에서 오아시스를 발견한 사람들 마음이 이랬겠지? 뭉클하면서 눈물이 쏘옥 삐져나왔다.

"불 좀 쬐고 있어."

선우가 또 어디론가 향했다. 나는 서둘러 장갑을 벗었다. 빨갛게 달아오른 손이 조금씩 녹기 시작했다. 절로 앓는 소리가 났다.

"으으."

이번에는 운동화와 양말을 차례대로 벗었다. 발가락을 꼼지락 거렸는데 아무런 감각이 느껴지지 않았다.

뽀글뽀글. 어디선가 물 끓는 소리가 났다. 피아노 협주곡을 듣듯 마음이 편안해졌다.

"자, 마셔."

선우가 내 옆에 앉으며 컵을 내밀었다. 따뜻한 김이 모락모락 솟아올랐다. 두 손으로 컵을 감싸 쥐었다.

"여기 코코아가 짱이거덩!"

심지어 코코아라니. 선우가 고마웠다. 이제 그만 선우를 용서하기로 했다. 눈보라에서 얼어 죽을 뻔했는데 그깟 험담 따위는 아무것도 아니었다.

호호 불며 한 모금 삼켰다. 달달한 기운이 온몸으로 퍼져 나갔다.

"이제야 알았어. 따뜻한 걸 먹으면 눈물이 난다는 걸."

내 말에 선우가 씽긋 웃었다. 그런데 선우 입술이 퍼랬다. 그제야 히터가 내 앞에 놓였다는 걸 깨달았다.

"미안. 이쪽으로 당겨 앉아."

서둘러 히터를 선우 쪽으로 돌렸다. 선우가 내 옆에 바투 붙었다. 숨소리가 들릴 정도였다.

"으, 살겠다."

선우가 손가락을 쫙 폈다.

"여긴 어떻게 알았어?"

살 만하니 궁금증이 생겼다.

"봉사 활동 올 때마다 몇 번 와 봤어."

"뭐? 그럼 삼읍리 봉사 활동이 처음이 아니었단 거네?"

내 말에 선우가 고개를 끄덕였다.

"왜 나한테 말 안 했어?"

뾰족하게 말을 뱉고 말았다. 그런 날 선우가 물끄러미 쳐다봤다.

"음. 글쎄……."

열심히 답을 찾는 선우 얼굴을 보니 머쓱해졌다. 하긴, 우리가 시시콜콜한 것까지 미주알고주알 나누는 사이는 아니었지.

"그러게. 말했어야 했는데, 미안."

선우가 날 보며 씨익 웃었다. 심장이 쿵쿵 뛰어올랐다. 얼어붙은 심장이 이제야 녹아내렸나 보다.

선우가 코코아를 삼키며 희미하게 미소 지었다.

"너 그거 알아?"

선우가 대뜸 물었다.

무슨 말을 하려는 걸까. 긴장돼서 침이 꼴깍 넘어갔다.

"고라니가 실은 멸종 동물이라는 걸. 전 세계 고라니의 90퍼센트가 우리나라에 살고 있대."

아까 고라니 때문에 선우랑 껴안은 게 생각나서 얼굴이 붉어졌다.

"아니, 처음 들어."

"고라니는 불빛을 보면 자리에 얼어붙는대. 그래서 로드킬을 많이 당한다는 거야. 운전하다가 고라니를 발견하면 라이트를 끄고

빵빵 경적을 울리는 게 좋대."

선우가 이렇게 고라니에 관심이 많은 줄 몰랐다. 나는 뭐라고
대꾸할지 몰라 가만히 듣고만 있었다.

"미안해. 경민이랑 하는 말, 네가 들을 줄 몰랐어."

오늘따라 선우가 횡설수설이다.

"싫으면 싫다고 하지, 왜 경민이랑 뒷담화를 까냐? 기분 완전
별로거든?"

경쾌하게 대꾸했다. 이젠 정말 아무렇지 않았으니까.

"누가 싫대? 그냥 얼어붙고 말았어. 고라니처럼."

예상치 못한 대답에 말문이 막혔다.

"그날 문자 받고 너무 좋아서 잠도 안 오더라고. 결국 새벽에 경
민이한테 전화했지. 그랬더니 이 자식이, 너랑 유하랑 내기했다
면서 그것 때문에 사귀자고 했을 거라는 거야. 뭐, 유하는 가슴에
서 우러나온 '찐 고백'이고 주아는 승부욕 때문에 저지른 일이라
나? 열 받아서 나도 모르게 센 척하고 말았어."

그것도 모르고 선우에게 내기 때문에 고백한 거라고 쐐기를
박고 말았다. 선우가 얼마나 상처 받았을까. 하지만 내기라고 진
심이 아닌 건 아니다.

"나 승부욕 강하잖아. 몰랐어?"

마음과는 다른 말이 튀어나오고 말았다.

"잘 알지. 4학년 때 나 대신 싸워 준 것도 승부욕 때문이잖아."

내가 고개를 갸웃거리자 선우가 차분히 말을 이었다.

"내가 추리 동화에 푹 빠져 있었거든. 범인이 누구인지 확인하려는데 1번이 책을 가져가 버린 거야. 와, 그날은 나도 못 참겠더라. 그래서 다짜고짜 덤볐지. 덩치 큰 1번한테 못 이길 거 알면서."

이제야 기억났다. 덩치 큰 남자아이와 선우가 싸우던 순간을. 다윗과 골리앗의 싸움처럼 승부가 뻔했는데도 선우는 악착같이 맞붙었다.

"그때 네가 끼어들었어. '약한 친구 괴롭히지 마!' 외치면서. 1번이 대뜸 우릴 놀려 댔어. 설주아는 하선우를 좋아한대요, 좋아한대요."

확실히 기억난다. 그때까지만 해도 나는 반에서 키가 꽤 큰 편이었다. 늘 아이들을 내려다봐서인지 덩치 큰 1번도 무섭지 않았다.

"혹시 네가 1번한테 뭐라고 대꾸했는지 기억나?"

고개를 쩔레쩔레 흔들었다. 1번과 신나게 몸싸움을 벌인 건 기억나지만 대화 같은 건 떠오르지 않았다.

"네가 이랬어. 그래! 나 하선우 좋아해! 친구로서 좋아해! 근데 넌 아니야! 약한 친구 괴롭히는 나쁜 놈! 가만 안 둘 거야!"

나도 모르게 웃음이 나왔다.

"그때부터였을 거야. 널 좋아하게 된 게. 그 후로 일부러 네 옆을 기웃거렸어. 태권도 학원도 너 때문에 등록한 거고. 운 좋게도 독감이 유행하는 바람에 너랑 사귀는 행운도 얻었지. 하하."

"그게 무슨 사귄 거냐? 줄넘기하고, 떡볶이 먹고. 우리 꽤 귀여웠다. 그치?"

피식 웃으며 대꾸했다.

"그럼 우리 정식으로 사귈래?"

선우가 진지한 얼굴로 물었다. 나는 그만 말문이 턱 막히고 말았다.

"영어 학원에서 널 만나고 느꼈어. 내가 아직도 널 많이 좋아한다는 걸. 너는 여전히 당차고 멋있더라. 궁금증이 풀릴 때까지 선생님께 질문하지 않나, 끝까지 남아서 문제집을 다 풀지 않나. 집중할 때마다 머리를 하나로 질끈 묶는 모습도 정말 예뻤어. 그냥 널 보면 웃음이 났어."

갑자기 가슴이 방망이질했다. 선우와 눈이 자주 마주친 건 우연이 아니었다. 유하의 말처럼, 선우는 날 좋아하고 있었다. 그리고…… 나도 선우가 좋다. 내 마음이, 심장이 그렇다고 말하고 있었다. 이제 나도 용기를 낼 차례다.

"내기 때문에 그런 거 아니야."

내 말에 선우가 눈을 동그랗게 떴다.

"나도 네가 마음에 들어. 그래서 고백한 거고."

오늘 또 한 번 흑역사를 쓰는 건 아니겠지?

"너는 왜 그렇게 멋대로야?"

선우의 말에 화들짝 놀라 고개를 들었다.

"어제 너한테 대답하려고 했어. 아무리 내기여도 좋으니 사귀자고. 그런데 내 말은 듣지도 않고 가 버리고, 메신저는 차단하고."

켁켁켁켁.

갑자기 기침이 나왔다.

"괜찮아?"

선우가 내 등을 두드렸다.

다행이었다. 선우가 등을 두드리는 바람에 내 심장 소리가 밖으로 새어 나가지 않았으니까.

"겁났어. 내 고백이 놀림거리가 됐다고 생각하니까. 우리 넷이 함께했던 시간들이 아무것도 아니었다고 생각하니까."

그래서 도망쳤다. 친구들에게서 멀리멀리. 다치지 않기 위해 날을 세웠다. 나보다 더 아파 보라고, 나는 절대 상처 받지 않을 거라고 이를 앙다물면서.

"에이. 천하의 설주아가 겁을 먹다니. 절대 그럴 리 없지!"

기운을 차렸는지 선우가 오랜만에 깐죽거렸다.

"뭐? 이게 혼나 볼래?"

주먹을 그러쥐고 선우에게 내밀었다. 선우가 두 손으로 내 주먹을 감싸 쥐었다. 내가 손을 빼려고 하자 더욱 힘을 줬다.

"잠깐만 이러고 있자. 여기 언제 폭삭 주저앉을지 몰라. 추울 때 사람 온기만큼 소중한 게 없어."

선우가 내 손을 꼭 잡았다. 언뜻 봐도 튼튼한 건물이다. 아무리

늑대가 와서 바람을 불어도 날아가지 않을 거다. 하지만 오늘만큼은 선우에게 속아 주고, 나에게는 진실하고 싶었다. 지금 내가 얼마나 따뜻하고 행복한지, 설주아 너만큼은 잊어서는 안 된다고 낮게 혼잣말을 했다.

나는 가만히 선우 어깨에 머리를 기댔다. 선우 어깨가 흠칫 떨리는 게 느껴졌다. 창밖으로 함박눈이 폭죽처럼 팡팡 터져 내리고 있었다. 꼭 우릴 축하해 주듯이.

이제 대답할 차례다.

"좋아. 우리 사귀자."

내 말에 선우가 해사하게 웃으며 내 어깨를 그러안았다. 쿵쿵쿵쿵. 작은 북소리가 작은 카페를 가득 채웠다. 더는 무섭지 않았다. 지금 이 순간, 내 곁에는 선우가 있으니까.

스푼북은 마음부른 책을 만듭니다. 맛있게 읽자, 스푼북!

이번 연애는 제발!

초판 1쇄 발행 2021년 3월 29일

지은이 **이선주 · 서화교 · 김명선 · 김정미**

ⓒ 이선주 · 서화교 · 김명선 · 김정미 2021

ISBN 979-11-6581-085-6 (43810)

발행처 주식회사 스푼북

발행인 박상희 | **총괄** 김남원 | **편집** 박지연 · 김선영 · 박양인

디자인 지현정 · 김광휘 | **마케팅** 손준연 · 한승혜

출판신고 2016년 11월 15일 제2017-000267호

주소 (03993) 서울시 마포구 월드컵북로 6길 88-7 ky21빌딩 2층

전화 02-6357-0050(편집) 02-6357-0051(마케팅)

팩스 02-6357-0052 | **전자우편** book@spoonbook.co.kr